Sunagoya Shobo

河原修吾詩集

Kawahara Syūgo

20

【砂子屋書房版】
現代詩人文庫

JN117785

自撰詩集（一部加筆）

第一詩集『ゴォーという響き』より

ゴォーという響き　12
海　14
土色の壁　15
ある夏の日のこと　17
沸騰　18
ねぎ　20
舟　21
イオン化傾向　22
霧雨　24
大晦日　24

第二詩集『箱』より

箱1　26
箱2　27
箱3　28
箱4　箱の皺　28
箱5　31
箱6　狂った蟻　32
箱7　34
箱8　人間　35
箱9　箱の奴隷　35
箱10　37
箱11　神　38
箱12　柿の実　38

第三詩集『石のつぶやき』より

支点　40
らせんという道　40
火　43
夏の垣根　44

皺　45
金属　45
舟　46
心　47
時計は何時をさしている？——レトキ——　47
寝息　48
壊れた朝　48
閉じた花　49
石のつぶやき　49
言葉　50

第四詩集『ふとんととうふ』より

ふとんととうふ　52
小篇1　案山子　53
小篇2　雑踏　55
憂鬱　56
地下鉄　57
ガソリンスタンド　59
おんな　60
もののなか　61
猿の道猫の道　62
蛾の道　64
悲劇の位置　65
もうひとつの世界　66
AとA'　67
スープ　69
駅はいつも夕暮　70
東京ララバイ——飛鳥IIツアー——　71

第五詩集『のれん』より

隣《となり》の奥さん　73
日間賀《ひまが》島の朝　74
恋《こい》　75
輪《わ》ゴム　76
クリップ　76
牛蒡《ごぼう》　77

豆腐《とうふ》 78
黄身《きみ》 79
餅《もち》 80
暖簾《のれん》 81
ランチ 82
自然法爾《じねんほうに》 83
こじか組のあなた 84
陽《オブジェ》 84
陽《ひ》——往相還相—— 85
陽《ひ》 85
蜥蜴《とかげ》 86
蜂《はち》 87
やつ 87
イカリソウの花《はな》 88
種《たね》 89
洪水《こうずい》 90
し 90
首をふる世界 91
ゴールネット 92
楽曲《きょく》 92

その後・その他

赤い花 94
大暑 94
223号室から 95
ある手術 96
白い病室 97
生きもの——海抜0メートルの春—— 98
生きもの——存在—— 99
生きもの——こころ—— 100
生きもの——鍵《キー》—— 101
生きもの——昼の月—— 102
生きもの——春闌《た》く—— 103
生きもの——口—— 104
生きもの——妖怪の唄—— 105
生きもの——テロップ—— 106

生きもの――習性―― 107
生きもの――狩―― 108
生きもの――言葉―― 109
生きもの――蚯蚓―― 109
生きもの――蝸牛《かたつむり》―― 110
生きもの――運命の車輪―― 111
生きもの――ふらここの鎖―― 112
生きもの――四万年前のボタンの掛け違い―― 113
生きもの――チョコレートとピーマンとチューインガム―― 114
生きもの――季節のおわり―― 115
生きもの――晩秋―― 116
生きもの――火葬許可書―― 117
生きもの――誕生屋―― 118
生きもの――家系図―― 119
生きもの（表版）――水―― 120
生きもの（裏版）――幻影―― 121
生きもの――烏賊《いか》の陰謀―― 122
生きもの――ファッションという二重らせん―― 122

生きもの――Sの空間―― 124
〔映画詩〕
生きもの――酒―― 125
生きもの――鈴―― 126

カレンダー 128
一月 130
二月 132
三月 134
四月 136
五月 138
六月 140
七月 142
八月 144
九月 146
十月 148
十一月 149
十二月 150

十三月　152
十四月　154
十五月　156
〔短歌〕
仮面　158
四国の路　159

詩論・エッセイ

詩について１　162
詩について２　163
詩について３　164
詩について４　165
故 村野保男氏とのこと　166
エッセイ――存在と不条理のはざまに――　172

解説

魂の織りなすイメージの連鎖性　冨長覚梁　176
詩集『ふとんととうふ』帯文より　一色真理　177
この本からわかること　村野保男　177
河原修吾詩集『のれん』　南原充士　178

河原修吾詩集

――存在と不条理のはざまで

自撰詩集

第一詩集『ゴォーという響き』より

ゴォーという響き

暗闇の中を走っている　何時《いっ》頃から走り始めたのかは知らない　気付いた時にはこうして走っていたのだ　ずーっと前は確かな記憶ではないが　歩いていたような気もするし　周りが少し明るかった気もする　現在《いま》は足の向いている方向をただひたすらに　暗闇の中を走っている。

靴の音が響いて聞こえる　気になりだすとよけいに大きく響いて聞こえ　永遠のリズムを奏でてトリスタンとイゾルデの無限旋律のよう　知らず知らずのうちに音に合わせて足を運ぶようになっている　躰中の細胞が音に支配されて活動しているように感じられ　音が止まってしまったら心臓も止まってしまうのではないかという不安に　額に汗が流れ吐く息は荒く息苦しくなる　その時何のために走っているのかという思いが頭の中をよぎる　そうだ永遠のリズムを奏でるために走っているのではない筈だと　靴の音はすーっと萎んでいき　麻薬から覚めた自分が残る

何のために走っているのかという問いに　言い聞かせるように呟く　灯りを見つけるために走っているのだと　暗闇を照らす灯りを求めて走っているのだと　山を越えれば灯りがある筈だ　それを信じて走っているのだとしかし走っても走っても　山を越えまた山を越えても　暗闇は続き一条の灯りも見えない山になれば今度こそと思うのに　それらしい徴候も無い　何故だどうしてだと思いながら

も　この方向に間違いないと言い聞かせながら走り続ける　何時《いつ》までも何処までも走り続ける

疲れが溜り動悸が激しくなる　その時　もう一人の自分が甘く囁きかける　いくら走り続けても　灯りが見つかるという保証は何もないのだ　徒労に終わるかもしれないのだ　汗を流し歯を食い縛って走っても　灯りは見つからないかもしれないのだ　それでもいいのか　走るのを止めれば楽になるではないかとだが走るのを止めた時どうなるのか　この暗闇の中でどうして生きていけるのか　たとえうまく生きのびられたとしても　灯りは永久に得られない　それでもいいのか　それでも生まれてきた甲斐があるのか　でも馬鹿らしいではないか　いつまでも徒労に等しい行為をしていては　虚しいではないか　灯りなんか見つかりっこないさ　始めから無いのかもしれないのだ　これだけ探しても見つからないのだから　きっと灯りなんかもとからないのだ　幻想だったのだ

押し潰された沈黙が流れ　頭の中で何かが猛烈に飛び回る　いくら飛び回っても飛び回っても止まれる枝は無い　少しでもと焦るが枝は見つからない　考えるのを止めると靴の音がまた響いてくるような気がする　無限旋律に身を委ねても前と同じ事になるだけだ　分かっているのだが外に方法もないのだ　疲れは限度を越え　糸が縺れ始めた　だんだんひどくなり　縺れた糸をほぐそうとすると　余計に縺れる　もうどうにもならなくなり　心に苛立ちが募ってくる　苛立ちが躰中に満ちてくるのを感ずると共に　音を立ててゆっくりと流れ始めた　ゴォーという響きであった

海

目尻をきっと上げ　使命感に燃えて海を睨む少年がいたのさ　海は牙をちらちら見せながら　巨体をゆっくりと波打たせ　ドドッドッと押してはザーと引き　地響きのような音は天下に轟き　隙を見せなかったよ　音に逆らって少年は叫ぶが　たちまちにかき消されたまらずこぶし大の石をぎゅっと摑み　腕をしならせて海へ目掛けて投げたのさ　石は穴をあけ空間を裂いて進んだが　急に何者かの力によって遮られ　ズボッという音と小さな波紋を残して沈んだのさ　波足にさっと緊張が走ってね

一番前の波に向かって投げたんだ　石は腹に当り形が崩れたが　すぐに代りが入って元通りさ　走って勢いを石に乗せて投げると　ぐんぐん伸びて波の頭へ当ったのさ　海は動揺し足並が乱れてさ　少年は意気高く投げ続けたんだ　大きくくねらす本体を　押し寄せる波頭を狙って投げ続けたんだ　少年の体が火のように燃えているのが分かったよ　時に水平に投げると　大きくくねってくる波の頭を三、四個立て続けに切って海は大きく後退さ

浜にあった竹を手に取って　少年は打ち寄せる波へ向かっていったんだ　波は体をくねらし低く静かに潜行し　眼前ですっと立ち上がり　襲いかかるのさ　ヤァーと突くと　竹はパイプになって波の喉元を鋭くえぐるのさ　波は飛沫をあげどっと崩れ落ち　少年は服に付いた血を払い　肩で息を吸う　心臓は大きく踊っている　ドドッと響き波が押し寄せるヤァーッと突く　ピーと笛が鳴り　銀色の盾

が押し寄せる　パイプで突く　ドドッドドッと波は押し寄せる　どこからともなく規律正しくだ　次第に少年の竹を持つ手の動きが鈍くなり　足はがたつき　息は荒くなり　その時さ　狙っていた荒波が鎌首をもたげて少年の頭を襲ったんだ　あっと短い声を発し　ヘルメットは飛び　少年はふらっふらっと　波間に沈んだのさ

東の空は暗く沈んで　風が静かに火を消して吹いてくるのさ　潮が引いた後の海の音が遥か遠くから聞こえてきてね　砂は夕日に染まり　何もかも皆赤く染まって　海苔は岩にへばり付き　蟹は藪睨みしながら横歩きしてさ

土色の壁

突然　太陽の輝く広場へ出てしまったのさ　周りからゴォーという音が響いてさ　空からは槍のような光線が目に突き刺さって　黒く焦げて何も見えないのさ　おまけに手で防ごうとしたら　地面についているのさ　つまり四つ這いになっていたわけ　癪にさわって足で思い切り地面を蹴りあげたら　周りの騒音がひどくなって地響きみたいさ　ようやく目が慣れて見回すと　前の方にぼやーと仮面を被った人間が見えたんだ　威張った仮面を被ちゃってさ　その奥に冷たい目が光ってて赤い布をわざと気に障るようにちらちらと動かすんさ

挑発と分かってても　我慢が出来なくて突進

したよ　ちらちらと揺れ動く布に誘われて半ば本能的に突進したのさ　布が段々大きくなって　目のすぐ前にきて　やったと思った瞬間　布はぱっと消えてしまったんさ　そりゃあ頭にきたよ　かっかしてもう一度突進さところがまた同じさ　布はひらりとかわしてしまうんだ　蟹みたいに横歩きしてね　そしてさ　憎ったらしく嘲笑うのさ　田舎者めと悔しいかな　何度突進しても駄目だったのさ何度試みても布に触れることさえできないんだ　情けないよ全く　自分でも厭になったよでもがむしゃらに突進したよ　意地になって力を笠に着る人間をやっつけるために　何度も突進したよ何度も　でも

次第に虚しくなってきてさ　突進に対して自分の力の無さに対して　かな　その場にへたりこんでしまったんだ　すると仮面をつけた人間が　ゆっくりと近づいてきて　何のためらいもなく槍を投げつけたんだ　右肩に突き刺さって　真赤な血がドクドクと流れ出るのさ　周りの騒音が一段と高くなって　怒り狂ってまた突進さ　そしてさ分かると思うけど　またかわされて　今度は背中に槍がドスンさ　血が滴りぬるぬるして　気持ち悪いったらありゃしない　わけの分からないうちにまた突進して今度は脇腹さ　これは効いたよ激痛が体中に走って力が出なくなってしまったんだから　もうあかん　もう逃げようと思ったよ　悲しいけど必死になって這って逃げたよ

そしたらさ　ぶつかったんだ　土色の壁に我々が壊そうと言っていた土色の壁さ　そんなものはないと言っていた人もいたけど　目の前にあったのさ　厳然と聳えてね　何とも

憎たらしい壁だけど　年代物の頑丈な壁だったよ　壊すのはもったいないぐらい　いや皮肉で言っているんじゃあないよ　本当だったんだから　頭がぼーとなってきて壁を見上げていたら　レットイットビーが聞こえてきたよ　彼女の好きだった曲でね　スローでねそれを聞いていたらさ　仮面を被った人間が近づいてきて　いきなりナイフで喉元を刺したんさ

そこで目が醒めたのさ　眩しい朝日がまともに顔に当って　レコードは鳴りっぱなしでさ窓に干しておいた赤いハンカチが　誰かにもらった物だけど風に揺れてさ　ちらちらと気をいらだたせていたんだよ　それだけのことだったんだ　そうなんだ　ただそれだけの

ある夏の日のこと

長い年月かかってさ　海を渡ってきた風が生温かく　肌にまとわりつくように吹いてさ丸い白い雲がぽっかりと浮かぶ　ある夏の日のことさ

ザーッという単調なリズムが　繰り返し聞こえ　青いアルバムの中に　白いものがぼんやり見えるんだ　何であるのかよく分からないので目をこすり　更に目をこすると　だんだん形らしい物が現れてきたんだ　円く座った鼻さ　次いで両側に可愛い耳が　上には細長くちょっとすました目が　下にはなまめかしい口が見えてさ　顔になったんだ　逃げよう

かと思ったけど　こちらを見て優しく微笑んだので　恐る恐るその方へ近づいていったんだ　粘っこい風が吹く中　狭くて歩きにくい道に沿っていくと　ザーッ　ザーッという音が妖しいリズムを奏で　頭を酔わせ躰にしみ込むのさ　谷あり山ありの柔らかい所を一年ほど進んでいくと　正面に大きな穴があったんだ　化け物の正体さ　深くて底無しみたいで足を踏み入れたら　二度と出てこられないのは明らかさ　ザーッという音が周期的に大きくなって　天に響き　顔が歪み　靄が立ち籠めて不透明になったと思ったらさ　穴が動き始め人が吸い込まれていったんだ　化け物が人を銜え込み満足した顔をしているのさ　逃げようとしたが　手遅れか　手足がいうことをきかないのさ　妖しい世界から離れたいと思ったけど　ザーッという一日のリズムはもう身に染みついて離れないのさ　蟻地獄に落ちた蟻のように　化け物の手の中で　ずるずるーっと穴の中へ吸い込まれていったのさ

風がいつのまにかなくなって　蒸し暑い空気がどんよりと漂い　汗がぶつぶつと吹き出しているのさ　何億年と飽きもせず続いている海の音が　満潮なのかすぐ窓下に聞こえ　女が　隣で二十年　右手をぼくの胸の上に載せ満足そうな顔をして寝ている　のさ

沸騰

細い管や太い管をいくつかくぐり抜け　何度も角を曲り　やっと止まって落ち着いたのは金属で囲まれたものの中　静かだった　じっと何かを待っている静けさと　何をされるの

か分からないという不安が　水分子を捉まえ水分子を貼りつけている　破ったのは熱だった　金属の底からどんどん入ってきて　底に触れた水分子は熱を浴び　阿波踊りを始める両手を上げ　えらいやっちゃと上にぶつかり足を踏みだし　えらいやっちゃと前にぶつかり　相手に熱を与え　阿波踊りを伝え　その分子も　周りの分子とぶつかり　熱を与え阿波踊りを伝え　踊る阿呆に見る阿呆　同じ阿呆なら踊らにゃそんそんと　達磨式に熱を得た分子がふえて塊になり　塊は集団で阿波踊りを踊りながら上昇を始め　生ぬるい水分子を押しのけまた押しのけ　真ん中を突き抜けて一番上に達し　すぐにもっと威勢のよい塊が　阿波踊りを踊りながら突き上げてきて先にきた分子は脇に押しやられ　下降を始め底に落ちるとまた熱に尻を叩かれ　ねじり鉢巻きで阿波踊りをしながら上昇し　これを何度も何度も繰り返し　目が回っても　他の水分子に遅れないように無理してでもついていき　全体のボルテージはどんどん上がり　どの水分子も表面に昇って気体になろうと競争になり　阿波踊りは激しくなり　流れは速くなり　ボルテージはますます高くなり　そのうちに歯がゆいのか　液体の下の方から直接気体になろうとするものがあらわれ　二段跳び三段跳びをし　初めのうちは潰され　悲鳴をあげるが　何回も挑戦するうちに成功するものがあらわれ　一個成功すると次から次へと成功するものが増え　液体の中に気泡が生じ　気体の仲間入りをし　気体は自由に飛び回れ　自由に好きなことができ　憧れて我も我もと殺到し　だが気体の椅子には限度があり　なかなか空かない　狭い隙間を目指して競争はますます休みのない苛酷なものになり異常を異常と感じない狂気の阿波踊りは　延

々と続き　よいよいよいよいちゃか　かちゃ

ねぎ

土に根を張り　暖かい陽を浴び　清冽な大気に育てられていたある日　突然引き抜かれ土を払われ化粧をさせられ　眩しいところに晒されること数時間　ふと柔らかい手に拾われ　籠の中　揺られ揺られてうとうとし　冷たい水を浴びせられあたふたし　とんとんとんと快い響きで身を切られ　放り込まれたのが熱いものの中　ぷるんとした四角いものの上に乗って目を白黒　後から来て何だその態度は　生意気なんだお前はと　四角いものが目を白くし　恐縮して脇によってどぼんと落ち　辛い液が躰に染みる間もなく　邪魔だ邪魔だと　黒くて太いひもに脇に押し退けられ真ん中にどんと座っていたのが霜降りの大将褐色にもうできあがっていて　呂律の回らな

い口調で　わしはかの松阪産なるぞと威張っていて　名門出身だと霜降りは示し　真ん中のいい場所を独占し　周りには侍るように白くて柔らかいもの　黒く長いものが席を取り我々の仲間はそれらの間に細々と横たわって苦汁を舐め　隙あらば蹴落としていい場所を取ろうと狙ってはいるのだが　黒く長いものはひもをうまく使って大将の近くまで伸び白く柔らかいものはあくまで柔らかく　敵はなく何色にもすぐに染まるのでよい席が取れ我々は苦みがあるせいか皆沈んでおり　肩身が狭く　勢力を拡大しようと　煮えたぎる熱いなか　お互いに助け合って　汗まみれ泥まみれでがむしゃらに働き　途中もう駄目だと何度も思ったが　その度に切り抜け　その代り躰はがたがたになり　それでも働きをやめることはせず　だんだん甘い味の液も身に染みつき　真っ白だった身も黒くなって　ようやくよい席が目の前にきた矢先　ぷーんとあやしく酔った匂いたちこめ　その匂いがするともう終わりだというためいきに　大きな棒が無造作に入ってきて　情け容赦なく次々と摘み　名門出の大将さらわれ　白いやつもさらわれ　黒いやつもさらわれ　大きな棒が入ってくる度にさらわれ　見る見るうちにがらがらになり　熱もすっかり冷め　抜け殻の躰に焦げ跡くっきりし　これが風邪にいいんだってと　言いながら大きな棒がわたしを摘んでいく

舟

餅のようにやわらかく　転んでもぶつかっても　悲しみも怒りも　そっとやわらかく受けとめてくれる海は　汎い学校の運動場のよう

小波がきらきらと輝いて走り回り　波のブランコがザブンザブンと揺れるのに　身をのせて気持ちよく泳いでいると　海は初め適当に遊んでいたが　そのうちに何時《いつ》からともなくどちらからともなく真剣になり　熱いうねりが湧き起こり　高揚した海に躰を任せるとうねりは躰を宙に舞わせ　興じるうちに不気味な声を立てはじめ　全身からその声は滲み出て強くなったり弱くなったり　海の陰に貝の小舟が一艘　ぼんやりと見え隠れし　神秘に惹かれ　うねりに逆らい泳いでいくと　身をよじって邪魔をし　それでも泳いでいくとうねりはさらに邪魔をし　泳ぐのをやめるとうねりは静まり　泳ぎ始めるとまたうねりが起こり　繰り返すうちにだんだんと小舟が大きくなり近くなり熱くなり　小舟に手が届きそうになり　うねりはより大きく揺れ　小舟も大きく揺れ　なかなか捉まらなく　何回も試みるうち　うねりは次第に緩やかに濃艶に幻の小舟にそっと触れると　うねりはびくっと驚き　時が止まり動きが止まり　濡れた小舟に躰を投げ出し　預けると　底無しの穴に沈んでいき　薔薇色の深海あらわれ　躰も心も無重力に漂い　時は永遠に流れ　海は餅のようにやわらかく

イオン化傾向

エーばかばかしいお笑いを一席　世の中にはいろいろな金属がいるもので　十金属十色といいますか　この前なんぞ　煮ても焼いても酸をぶっかけてもアルカリをぶっかけても全然動じなく　うんともすんとも言わん金属がいまして　顔をあわした時に　お前強いなあと言いましたら　にっこり笑って　これだ

けが取り柄ですからと　これが何とも言えんほど顔が輝いているんです　かと思いますと非常に反応が速く　いやいや速いなんてものじゃありません　もう言われる前にちゃんと反応してやってしまっているという驚異的な金属もいまして　そういう金属だと非常に楽でしてね　何も言わなくてもとんとんとんと事は運んでいくんですわ　ナトリウムなんぞその代表なんですが　非常に気が利きましてね　こちらが水をかける前に空気中の水蒸気と反応してしまってるんですわ　気が利きすぎて鼻につく時も正直言ってありますけどね　大概の金属はその真ん中でして　何か言いますと　のそのそと動き出す連中なんですわ　まあ可もなく不可もなくといった部類ですな　物足りなく感ずる時もありますが　一応反応はしますからね　一番やっかいなのは最初に言いましたけど　こちらの言うことを

うんともすんとも聞かない金属なんですわもう相手にしていると頭にきちゃいましてね勝手にしろと放っているんですけど　ゆうゆうとしちゃってね　月給泥棒と言っても　けろっとしてそんな事には気にもかけず　ぼーっとしているんですわ　ある時銀行の偉い人の査察がありましてね　順番に見ていくんですけど　例の反応の速い金属の生成物にはやはり興味深く見ていったんですが　真ん中の部類の連中にはいま一つ迫力に欠けるきらいがありまして　査察する人も　ぶすっとしていましたが　いよいよ最後の最も心配な金属のところに来まして　顔を見るなり足を止め私しゃあびっくりしましたが　これだ　これが欲しい　お前は何て名だと　叫ぶんですほかは全然見ないで顔だけ見て言うんですよ当の金属もびっくりしていましたが　すました顔で言ったんです　金《かね》です　金《かね》です　お後

がよろしいようで

霧　雨

やわらかく
横にしのびこみ
こころの
すきまを埋め

爪を見つめる人の
あかりを持たない人の
黒髪にくっつき
ヘッドライトに
白くひかる

疲れたわだかまりを
歩道に流し
傷をやさしく
包みこむ
霧雨は
草臥れた服を
まぼろしのようにぼかし

その幻の中で
人は
夢を見る

大晦日

最後の
葉
落ち

裸木の

身が震え
身が縮み
暮れていく

混沌とした
無数の
星のなか
しんしんと
蒼くひかる
北斗七星に

ちくりちくりと
身が痛み
身が萎み
ひとつが終っていく

あん餅
残し

夢
残し

箱
1

箱箱箱箱箱箱箱箱箱箱箱箱箱箱箱箱箱箱箱箱
箱箱箱箱箱箱箱箱箱箱箱箱箱箱箱箱箱箱箱箱
箱箱箱箱箱箱箱箱箱箱箱箱箱箱箱箱箱箱箱箱
箱箱箱箱箱箱箱箱箱箱箱箱箱箱箱箱箱箱箱箱
箱箱箱箱箱箱箱箱箱箱箱箱箱箱箱箱箱箱箱箱
箱箱箱箱箱箱箱箱箱箱箱箱箱箱箱箱箱箱箱箱
箱箱箱箱箱箱箱箱箱箱箱箱箱箱箱箱箱箱箱箱
箱箱箱箱箱箱箱箱箱　　箱箱箱箱箱箱箱箱箱
箱箱箱箱箱箱箱箱箱　　箱箱箱箱箱箱箱箱箱
箱箱箱箱箱箱箱箱箱　　箱箱箱箱箱箱箱箱箱
箱箱箱箱箱箱箱箱箱　　箱箱箱箱箱箱箱箱箱
箱箱箱箱箱箱箱箱箱　　箱箱箱箱箱箱箱箱箱
箱箱箱箱箱箱箱箱　　　箱箱箱箱箱箱箱箱箱
箱箱箱箱箱箱箱箱　　　　箱箱箱箱箱箱箱箱
箱箱箱箱箱箱箱箱　箱箱箱　箱箱箱箱箱箱箱
箱箱箱箱箱箱箱　　箱箱箱箱箱　箱箱箱箱箱
箱箱箱箱箱箱箱　箱箱箱箱箱箱　箱箱箱箱箱
箱箱箱箱箱箱箱箱箱箱箱箱箱箱箱箱箱箱箱箱
箱箱箱箱箱箱箱箱箱箱箱箱箱箱箱箱箱箱箱箱
箱箱箱箱箱箱箱箱箱箱箱箱箱箱箱箱箱箱箱箱
箱箱箱箱箱箱箱箱箱箱箱箱箱箱箱箱箱箱箱箱
箱箱箱箱箱箱箱箱箱箱箱箱箱箱箱箱箱箱箱箱
箱箱箱箱箱箱箱箱箱箱箱箱箱箱箱箱箱箱箱箱

箱2

箱箱箱箱箱箱箱箱箱箱箱箱箱箱箱箱箱箱箱箱箱箱箱箱箱
箱箱箱箱箱箱箱箱箱箱箱箱箱箱箱箱箱箱箱箱箱箱箱箱箱
箱箱　　　　　　　　　　　　　　　　　　　　　箱箱
箱箱　箱箱箱箱箱箱箱箱箱箱箱箱箱箱箱箱箱箱箱　箱箱
箱箱　箱箱箱箱箱箱箱箱箱箱箱箱箱箱箱箱箱箱箱　箱箱
箱箱　箱箱　　　　　　　　　　　　　　　箱箱　箱箱
箱箱　箱箱　箱箱箱箱箱箱箱箱箱箱箱箱箱　箱箱　箱箱
箱箱　箱箱　箱箱箱箱箱箱箱箱箱箱箱箱箱　箱箱　箱箱
箱箱　箱箱　箱箱　　　　　　　　　箱箱　箱箱　箱箱
箱箱　箱箱　箱箱　箱箱箱箱箱箱箱　箱箱　箱箱　箱箱
箱箱　箱箱　箱箱　箱箱箱箱箱箱箱　箱箱　箱箱　箱箱
箱箱　箱箱　箱箱　箱箱　　　箱箱　箱箱　箱箱　箱箱
箱箱　箱箱　箱箱　箱箱　人　箱箱　箱箱　箱箱　箱箱
箱箱　箱箱　箱箱　箱箱　　　箱箱　箱箱　箱箱　箱箱
箱箱　箱箱　箱箱　箱箱箱箱箱箱箱　箱箱　箱箱　箱箱
箱箱　箱箱　箱箱　箱箱箱箱箱箱箱　箱箱　箱箱　箱箱
箱箱　箱箱　箱箱　　　　　　　　　箱箱　箱箱　箱箱
箱箱　箱箱　箱箱箱箱箱箱箱箱箱箱箱箱箱　箱箱　箱箱
箱箱　箱箱　箱箱箱箱箱箱箱箱箱箱箱箱箱　箱箱　箱箱
箱箱　箱箱　　　　　　　　　　　　　　　箱箱　箱箱
箱箱　箱箱箱箱箱箱箱箱箱箱箱箱箱箱箱箱箱箱箱　箱箱
箱箱　箱箱箱箱箱箱箱箱箱箱箱箱箱箱箱箱箱箱箱　箱箱
箱箱　　　　　　　　　　　　　　　　　　　　　箱箱
箱箱箱箱箱箱箱箱箱箱箱箱箱箱箱箱箱箱箱箱箱箱箱箱箱
箱箱箱箱箱箱箱箱箱箱箱箱箱箱箱箱箱箱箱箱箱箱箱箱箱

箱3

壁壁壁壁壁壁に囲まれた箱の中に座らされ箱
の顔を見箱の声を聞くうちに箱に飼い慣らさ
れ箱に染められて手足を縮め口を窄め壁に向
かって吐く息に気が濁って息苦しく箱から外
に出たと思っても箱の中境目の見えない箱に
丸い顔尖った箱細長い箱色とベクトルを背負
って浮游し泣き喚いても踏み鳴らしても叩い
てもぶつかっても無くなりはしない箱の中で
生きるために金魚の糞が鎖に繋がれ犇き合う
ように肩を寄せあう時に狂って角を立て沸騰
する箱と凍った箱が体温の違いからぶつかり
あい窪んで血を流し悩んで歩く箱は膨らんで
走る箱に潰され大きな箱は大を使って膨張し
四角い箱は刺々しさを競いあって三角に二角
に閉じそこでは少しの差も気になってとり繕
いに困憊し窓から叫んでも箱の外には箱が箱
の内にも箱が詰まって跳ね返される箱箱箱と
箱箱と箱が幾重にも幾重にも重なるなかで入
ろうとしても入れない女なら男黒なら白月な
ら太陽それぞれが生まれながらの箱にがんじ
がらめに縛られて時を差出し引き替えに箱の
中で一つの箱につくられ箱の影に引きずられ
箱の所為という幻の蜘蛛の糸に絡め取られや
がて絡め取られたふりをして生の炎は箱を煤
で染めながらゆらゆらゆらゆらゆらと炎え続ける

箱4　箱の皺

箱の声を聞く　箱に触れる　箱に摑まる　箱
を弄くる　箱を撫でる　箱を考える　箱を斜
めに見　箱を変えようと　箱を壊そうと　箱
から飛び出そうと　箱を打つ　箱を叩く

箱

箱は睨む　箱は怒る　箱は泣く　箱は黙る　箱は歩き続ける　箱はいつまでも箱で　どこまでも箱で　箱は話し　箱は謡い　箱は叫ぶ　箱が呼ぶ　箱を見る

箱の中に無数の粒子が犇きあう　個は限りなく小さく　それでも個は個で　他は他で　一つ一つが箱の角を持ち風を起こす

箱は考える　箱は思う　箱は惑う　箱は悩む

箱はよい音を出そうと　汗をかく　箱の音色は初めから決まっているのか箱は気になる

箱は目の前の音に打ちのめされる　箱は打ちひしがれ　箱は迷い　箱は横たわる　箱は届かぬ思いを捨て　箱は諦める　箱は自らを捨てる

軽くなった箱が浮かぶ　皺が箱をつくる

六十兆個の細胞からできている生き物は　六十兆個の箱を指揮して音を響かせる

箱は箱であり続けようと　自らを押さえつける　出る箱を打ち　沈む箱を腐らせる　箱は形を崩すまいと　時には正面から目を逸らし　開き直る

箱は箱をつくる　箱を入れる箱をつくる　箱の中に入れる箱をつくる　箱と箱がぶつかりゆがんだ箱になり箱が箱を呑んで　大きな箱になり色の混ざった箱になり　欲の蠢く箱と箱の競争になる生き残るためと箱が箱を競わせ　六十兆個の箱を走らせる

箱は孤独になる　箱は狂う

箱は暴走する
　箱は血を流して生み出した言葉を　鐘の中に閉じこめ　箱のためという錦の旗を掲げて突き進む　箱を轢き　箱を潰し箱を苛め
　気がついたときには四角い箱に映る　群れの最後尾で力つきて猛獣に食われる箱や　急流の川を渡れずに溺れて呑まれる箱が
　箱の中は熱いのに箱は角ばって戸を閉めたまま
　どこにも行けず　どこにも行かず閉じられた箱の中で　箱の一つに収まって
箱を生む一瞬の快楽に
　箱が虚声をあげて炎えるとき　箱の皺は　パチパチと手を叩いてらせんをまく

箱箱箱箱箱箱箱箱箱箱箱箱箱箱箱箱箱箱箱箱
箱箱箱箱箱箱箱箱箱箱箱箱箱箱箱箱箱箱箱箱
箱箱箱箱箱箱箱箱箱箱箱箱箱箱箱箱箱箱箱箱
箱箱箱箱箱箱箱箱箱箱箱箱箱箱箱箱箱箱箱箱
箱箱箱箱箱箱箱箱箱箱箱箱箱箱箱箱箱箱箱箱
箱箱箱箱箱箱箱箱箱箱箱箱箱箱箱箱箱箱箱箱
箱箱箱箱箱箱箱箱箱箱箱箱箱箱箱箱箱箱箱箱
箱箱箱箱箱箱箱箱箱箱箱箱箱箱箱箱箱箱箱箱
箱箱箱箱箱箱箱箱箱箱箱箱箱箱箱箱箱箱箱箱
箱箱箱箱箱箱箱箱箱箱箱箱箱箱箱箱箱箱箱箱
箱箱箱箱箱箱箱箱箱箱丫箱箱箱箱箱箱箱箱箱
箱箱箱箱箱箱箱箱箱箱箱箱箱箱箱箱箱箱箱箱
箱箱箱箱箱箱箱箱箱箱箱箱箱箱箱箱箱箱箱箱
箱箱箱箱箱箱箱箱箱箱箱箱箱箱箱箱箱箱箱箱
箱箱箱箱箱箱箱箱箱箱箱箱箱箱箱箱箱箱箱箱
箱箱箱箱箱箱箱箱箱箱箱箱箱箱箱箱箱箱箱箱
箱箱箱箱箱箱箱箱箱箱箱箱箱箱箱箱箱箱箱箱
箱箱箱箱箱箱箱箱箱箱箱箱箱箱箱箱箱箱箱箱
箱箱箱箱箱箱箱箱箱箱箱箱箱箱箱箱箱箱箱箱
箱箱箱箱箱箱箱箱箱箱箱箱箱箱箱箱箱箱箱箱

箱6　狂った蟻

一
列
に並
んで
進ん
でいた
蟻が麻
薬を嗅
がせられ
狂った夢
を見て刻を
摑もうと我
先にとがむ
しゃらに無
い山に向って
走り始める　
目を血走らせ
押し退けあい
引っ掛けあいし
て突き進み　倒
れた蟻の上に蟻
がその上を蟻が
踏んで通ってたち
まちに黒い裾野が

できを　無い筈の山を
じりっじりっと競り
上がる　何もかもを喰
い潰し壊していく無数
の黒い点の蠢きは活気な
のか狂気なのか　融通の
きかない重い頭　縛られ
て溢れた躰　長く伸びた器
用な手足　落ち着きのない
焦点の近い眼　匂いに過敏
な鼻　溢れる蟻のなかで足を
踏み外し落ちて転がっていく
蟻蟻蟻　踏み台にされる蟻蟻
力つき倒れる蟻　蟻の上に蟻が
黒い点の上に黒が次々と重なって山
ができ　新しい蟻が入れ替り入れ替り
後から後から後から湧き出るように蟻が続き
じわじわと焦げるように黒が登っていく　閉
じられた箱は黒が厚くなり気に闇がはびこり始め
天はどんよりと暗くなる　そのなかを黙々とよじ登る
蟻の葬列　這い上がる足元で夥しい蟻が潰れ　幾重にも重
なってできた黒い屍の山を　狂った蟻がよじ登る　もともと
は無かった山　頂上は無い　終りの刻の無い　黒の悲劇が始まった

箱7

箱箱箱箱箱箱箱箱箱箱箱箱箱箱箱箱箱箱箱箱箱箱箱箱人
箱箱箱箱箱箱箱箱箱箱箱箱箱箱箱箱箱箱箱箱箱箱箱箱人
箱箱箱箱箱箱箱箱箱箱箱箱箱箱箱箱箱箱箱箱箱箱箱箱人
箱箱箱箱箱箱箱箱箱箱箱箱箱箱箱箱箱箱箱箱箱箱箱箱人
箱箱箱箱箱箱箱箱箱箱箱箱箱箱箱箱箱箱箱箱箱箱箱箱人
箱箱箱箱箱箱箱箱箱箱箱箱箱箱箱箱箱箱箱箱箱箱箱箱人
箱箱箱箱箱箱箱箱箱箱箱箱箱箱箱箱箱箱箱箱箱箱箱箱人
箱箱箱箱箱箱箱箱箱箱箱箱箱箱箱箱箱箱箱箱箱箱箱箱人
箱箱箱箱箱箱箱箱箱箱箱箱箱箱箱箱箱箱箱箱箱箱箱箱人
箱箱箱箱箱箱箱箱箱箱箱箱箱箱箱箱箱箱箱箱箱箱箱箱人
箱箱箱箱箱箱箱箱箱箱箱箱箱箱箱箱箱箱箱箱箱箱箱箱人
箱箱箱箱箱箱箱箱箱箱箱箱箱箱箱箱箱箱箱箱箱箱箱箱人
箱箱箱箱箱箱箱箱箱箱箱箱箱箱箱箱箱箱箱箱箱箱箱箱人
箱箱箱箱箱箱箱箱箱箱箱箱箱箱箱箱箱箱箱箱箱箱箱箱人
箱箱箱箱箱箱箱箱箱箱箱箱箱箱箱箱箱箱箱箱箱箱箱箱人
箱箱箱箱箱箱箱箱箱箱箱箱箱箱箱箱箱箱箱箱箱箱箱箱人
箱箱箱箱箱箱箱箱箱箱箱箱箱箱箱箱箱箱箱箱箱箱箱箱人
箱箱箱箱箱箱箱箱箱箱箱箱箱箱箱箱箱箱箱箱箱箱箱箱人
箱箱箱箱箱箱箱箱箱箱箱箱箱箱箱箱箱箱箱箱箱箱箱箱人
箱箱箱箱箱箱箱箱箱箱箱箱箱箱箱箱箱箱箱箱箱箱箱箱人
箱箱箱箱箱箱箱箱箱箱箱箱箱箱箱箱箱箱箱箱箱箱箱箱人
箱箱箱箱箱箱箱箱箱箱箱箱箱箱箱箱箱箱箱箱箱箱箱箱人
箱箱箱箱箱箱箱箱箱箱箱箱箱箱箱箱箱箱箱箱箱箱箱箱人
箱箱箱箱箱箱箱箱箱箱箱箱箱箱箱箱箱箱箱箱箱箱箱箱人
箱箱箱箱箱箱箱箱箱箱箱箱箱箱箱箱箱箱箱箱箱箱箱箱人

箱8　人間

人　　　人
は　　　は
神が　　らせん《DNA》が
きめた　つくった
箱を背負って　箱の中で
ずーっと生きて　ずーっと生きて
いかねばならない　いかねばならない

ど　　こ
ん　　ん
な　　な
箱でも　箱でも
代わりの　代わりの
箱　　箱
は　　は
な　　な
い　　い

人は天に向かって　人は地に埋もれて
ごぉーごぉーと　ごぉーごぉーと
火を　言葉を
噴いて　吐いて
炎　死
え　ん
た　だ

箱9　箱の奴隷

あと3分とインプットして走る顔に真珠の汗が臍の緒を切ってたらりと生まれぺちゃくちゃ喋ってまとわりつくおばさんをうっとおしくしっしっと払いのけ払いのけ小学校を通り

中学校に入ると小脇に抱えた悩みと背負った
重荷が走るリズムに合わせちゃって俺の体に
どんどんと当り赤い痛みが紫色の痛みに変わ
るころ出口の見えない箱に迷いこむ人混みの
なかをうろうろ走り回るうちに四角張った箱
とぶつかり空は汚れ吐く息は荒くなり胸がき
ゅっと締めつけられてあと2分それまで遠く
で走っていたおじさんが何を思ったのか喘ぎ
ながら近づいて来て一緒に走り始め疲れた背
広に白髪の混じった頭と血走った目が踊って
縺れる足を横目に同情の思いを巡らしていた
ら俺の方が遅れてしまいするとおじさんはテ
レビで見る親父のように心配げに振り返るん
で俺は歯を食いしばって頑張りまた並んで走
り続けたもう少しだあの角を曲がれあと1分
だと鐘が尻を叩いて鳴り響き肩が泳ぎ倒れそ
うな足取りで十八歳の角を曲がるとおじさん
はちらっと俺を見てからそのまま何でもない

ように彼岸へ向かって行ってしまったあんな
優しい目を見たのはいつのことだろう空っぽ
の空に雲がぽつんと浮かんだ風景のなかで俺
はゴールという多分下らないものに向かって
惰性で走り続けた顎を出し顔を歪めはぁはぁ
言いながら刻よ止まっておくれと祈って走り
続けたんだ悲しいかなそれは世界史の本に載
っていた姿そのままなのさ鉄の首輪を塡めら
れ重い荷物を背負い無理やり引っ張られてい
く姿にそっくりなのさ思わず笑っちゃったよ
三千年も飽きもせず走り続けているんだから

箱
10

箱箱箱箱箱
箱箱箱箱箱
箱箱箱箱箱箱箱箱箱
箱箱箱箱箱箱箱箱箱
箱箱箱箱箱箱箱箱箱
箱箱箱箱箱箱箱箱箱
箱箱箱箱箱箱箱箱箱箱箱箱
箱箱箱箱箱箱箱箱箱箱箱箱
箱箱箱箱箱箱箱箱箱箱箱箱
箱箱箱箱箱箱箱箱箱箱箱箱
箱箱箱箱箱箱箱箱箱箱箱箱箱箱箱
箱箱箱箱箱箱箱箱箱箱箱箱箱箱箱
箱箱箱箱箱箱箱箱箱箱箱箱箱箱箱
箱箱箱箱箱箱箱箱箱箱箱箱箱箱箱箱箱箱
箱箱箱箱箱箱箱箱箱箱箱箱箱箱箱箱箱箱
箱箱箱箱箱箱箱箱箱箱箱箱箱箱箱箱箱箱箱箱
箱箱箱箱箱箱箱箱箱箱箱箱箱箱箱箱箱箱箱箱箱箱
箱箱箱箱箱箱箱箱箱箱箱箱箱箱箱箱箱箱箱箱箱箱箱箱
箱箱箱箱箱箱箱箱箱箱箱箱箱箱箱箱箱箱箱箱箱箱箱箱箱く
箱箱箱箱箱箱箱箱箱箱箱箱箱箱箱箱箱箱箱箱
箱箱箱箱箱箱箱箱箱箱箱箱箱箱箱
箱箱箱箱箱箱箱箱箱箱箱箱
箱箱箱箱箱箱箱箱箱
箱箱箱箱箱
箱箱箱箱箱

箱11　神

神が
意地悪したら
神によって痛みつけられたら
ハサミで切って
ノリづけして
自分の好きな風に
デザインすればよい

生き物が
神に逆らい
神を支配する
ときが
　やってきた

ほらそこに
神が
とぐろを巻いている
二重に
らせんを
まいて
自分がつくった生き物を
見ている

箱12　柿の実

土の中を手探りで進み
土を搔き分け　石を押し退け
暗い方へ湿った方へと伸びよ
行く手を塞ぐ岩があれば　針ほどの穴に潜り込み
ひびを入れ岩を砕き　閉じた暗闇を開かせて
ヒロシマに　ナンキンに　アウシュビッツに
闇の底へ底へと伸び

根毛の穴から　生きものの灰を吸収せよ
幾万という膜の穴から　吸い込まれた灰は
主根を通って導管を少しずつ上って細胞に運ばれるだろう
ソラマメの形をしたミトコンドリアは
灰を葉緑体の中に入れ
ヌルヌルした数値からカラカラに乾いた数値を
灰の背に貼り付けて　いくつもの層に分ける
多分進化という
選抜の光のシャワーが
不連続に放射される箱の中で
皮の手袋をした神によって決められた
波長で
焦点がかちっと合ってくっつき
大きな分子に衣替えする
色の付いた高分子は
師管を通って　あるものは枝として葉として
あるものは根として
あるものは叡知として蓄えられ
ときの風が吹くと枝が揺れ葉が騒ぎ
蕾が芽を出し花が咲くだろう
子房が膨らみ　黄葉は落ちて
骨が映る山肌に　熟してぶら下がる
赤い実か　黒い実か
未来の塊が　未来の地球が　未来の刻《とき》が
ポトンと落ちるのだ

第三詩集『石のつぶやき』より

支点

人人人人人人人人人人人人人人人人人
人人人人人人人人人人人人人人人人人
人人　　　　　　　　　　　　　人人
人人　人人人人人人人人人人人　人人
人人　人人人人人人人人人人人　人人
人人　人人　　　　　　　人人　人人
人人　人人　人人人人人　人人　人人
人人　人人　人　　　人　人人　人人
人人　人人　人　人　人　人人　人人
人人　人人　人　　　人　人人　人人
人人　人人　人人人人人　人人　人人
人人　人人　　　　　　　人人　人人
人人　人人人人人人人人人人人　人人
人人　人人人人人人人人人人人　人人
人人　　　　　　　　　　　　　人人
人人人人人人人人人人人人人人人人人
人人人人人人人人人人人人人人人人人
　　　　　　　　△

らせんという道

(1) 通りすぎた道という錯覚

——というのも私はかつて少年であり
少女であり　灌木であり鳥であり
湖に浮かび上がる物言わぬ魚だった
からだ　（エムペドクレス）——

風景がちがっている
山の形が　森の濃さがちがっている
空の視線がちがっている
川の開きかたがちがっている

まちがえたらしい
だれのせいなのかは　わからない
通りすぎてしまったのだ
曲がるはずの道を

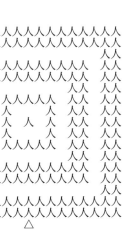

物言わぬ魚の夢のなかではいつも
たどりついていたのに

耐えて立ち続けた年や
嵐の中でも飛んだ日の
意味も重さも
一緒に通りすぎてしまった
ああ　だが
これから道をもどるには
私は
疲れすぎている

いまさら　少年にもどって
潮干狩りや　たけのこ掘りの
あとの風景を追うようなことは淋しい
通りすぎてしまったらせんの道は
眠ったままで　錯覚のままで
もういい

だれにも　わからないことなのだから

(2)　秋の向こう

透明になりはじめたガラスから
今まで識らなかった秋が
まっすぐに入ってきた

線条の陽が
芯まで届いたと感じたとき
何ものかに捉えられて
いや何ものかを捉えて
私の中の何かが
突然怯えた犬のように吠えた
恐れからか
恐れから逃れるためか
戸惑いに似た声で

地平線に向かって吠えている

それは
木に草に石に射している
秋の陽の向こうに
いる

四万年前
やはり透明なこの季節に
走っているものに気づいて
それは
君が淋しく吠えたものだ

(3) 風景の継承

だれかに見つめられているからだろう

人の目で息を吸っている
人の目で息を吐いている。
人の目で喋って
人の目で歩いて
いつのまにか
多くの人の目が私に根づいていた

電車のなかで立っているその目には
すぐにさびてしまう日常が
つぎつぎと通り過ぎる

ふと見た眼差しや
ふと見せた仕草が
ときに私という部分をたたく
自分の部屋に置いてきた響きだ

電車を降りて
もうそれを取りに戻ることはしない

だろう
前の席に座っている
私と目鼻立ちの似た伯父が言う風景を
私も感じ始めたからだ

火

火火火火火火火火火火火火火火火火火火火
火火火火火火火火火火火火火火火火火火火
火火　　　　　　　　　　　　　　　火火
火火　火火火火火火火火火火火火火　火火
火火　火火火火火火火火火火火火火　火火
火火　火火　　　　　　　　　火火　火火
火火　火火　火火火火火火火　火火　火火
火火　火火　火火火火火火火　火火　火火
火火　火火　火火　　　火火　火火　火火
火火　火火　火火　人　火火　火火　火火
火火　火火　火火　　　火火　火火　火火
火火　火火　火火火火火火火　火火　火火
火火　火火　火火火火火火火　火火　火火
火火　火火　　　　　　　　　火火　火火
火火　火火火火火火火火火火火火火　火火
火火　火火火火火火火火火火火火火　火火
火火　　　　　　　　　　　　　　　火火
火火火火火火火火火火火火火火火火火火火
火火火火火火火火火火火火火火火火火火火

夏の垣根

跨げそうで　跨げない
竹を挿して縛ってあるだけの垣根だが
越えたくても越えられない
たった一枚の布で蔽ってあるだけなのに

垣根をくぐり抜けようと
蚊に刺され
赤く腫れ

捕虫網を伸ばして
夏の陰を覗く
草の緑が匂う
蒸し暑い日
葉の上にころがる
七色に光る水玉の

円い海の中に
惹かれるるように
引かれるように
弾かれるように
飛び込んだ

塩辛い味が
と思ったら夏が消え
垣根が消え

皺

皺皺皺皺皺皺皺皺皺皺皺皺皺皺皺皺皺皺皺
皺皺皺皺皺皺皺皺皺皺皺皺皺皺皺皺皺皺皺
皺皺　　　　　　　　　　　　　　　皺皺
皺皺　皺皺皺皺皺皺皺皺皺皺皺皺皺　皺皺
皺皺　皺皺皺皺皺皺皺皺皺皺皺皺皺　皺皺
皺皺　皺皺　　　　　　　　　皺皺　皺皺
皺皺　皺皺　皺皺皺皺皺皺皺　皺皺　皺皺
皺皺　皺皺　皺皺皺皺皺皺皺　皺皺　皺皺
皺皺　皺皺　皺皺　　　皺皺　皺皺　皺皺
皺皺　皺皺　皺皺　人　皺皺　皺皺　皺皺
皺皺　皺皺　皺皺　　　皺皺　皺皺　皺皺
皺皺　皺皺　皺皺皺皺皺皺皺　皺皺　皺皺
皺皺　皺皺　皺皺皺皺皺皺皺　皺皺　皺皺
皺皺　皺皺　　　　　　　　　皺皺　皺皺
皺皺　皺皺皺皺皺皺皺皺皺皺皺皺皺　皺皺
皺皺　皺皺皺皺皺皺皺皺皺皺皺皺皺　皺皺
皺皺　　　　　　　　　　　　　　　皺皺
皺皺皺皺皺皺皺皺皺皺皺皺皺皺皺皺皺皺皺
皺皺皺皺皺皺皺皺皺皺皺皺皺皺皺皺皺皺皺

金　属

金属は原子が集まって
人は原因が集まってできる

金属はかたく
人はかたくなに

金属は属性に寄り添い製品に
人は原因に寄り添い家族をつくる

金属は還元されて金属に
人は酸化されて人になる

金属は金属であろうとして電子を通し
人は人であろうとして言葉を通す

金属は溶けあって合金をつくった
人は解けあって村をつくった

金属は自由電子を共有する
人も自由精神を共有している？

金属は結局は電子に縛られている
人もいつのまにか言葉に縛られている

金属は叩かれてもへこむだけだが
人は言葉でこわれる

金属ナトリウムを水の中に入れると開放されたように
　反応する
人を人の中に入れると激しく反応するように

金属は見事に変身する
人もぱちぱちともえる心を本当はもっている

金属は結合するために電子を放出し
人は原因になるために射精を繰り返す

金属はいつか金属に疲れる
人は人であることでやがて皺になる

舟

風のなかに人は生まれて　人のなかに時《とき》の風が吹き
虫のなかに人はいて　人のなかに人の虫がいる
人のなかに音ができて　音のなかで人は住み
人のなかに皺ができて　皺のなかに人は埋もれる
人のなかに心ができて　心のなかに人はいて
箱のなかに人はいて　人のなかに箱ができる
人のなかには火があって　火の熱で人は生まれ
人のなかに神がいて　神の掌のなかで人は生きる

人のなかには舟が浮かんで　人は舟の流れに時《とき》を失い

心

　　　　　　　　　　心心心心心心心心心
心心心心心心心心心心心心心心心心心心心
心心心心心心心心心心　　　　　　　心心
心心　　　　　　　　心心心心心心　心心
心心　心心心心心心心心心心心心心　心心
心心　心心心心心心心　　　　心心　心心
心心　心心　　　　　心心心　心心　心心
心心　心心　心心心心心心心　心心　心心
心心　心心　心心心心　心心　心心　心心
心心　心心　心心　　　心心　心心　心心
心心　心心　心心　人　心心　心心　心心
心心　心心　心心　　心心心　心心　心心
心心　心心　心心心心心心心　心心　心心
心心　心心　心心心心　　　　心心　心心
心心　心心　　　　　心心心心心心　心心
心心　心心心心心心心心心心心心心　心心
心心　心心心心心心心　　　　　　　心心
心心　　　　　　　　心心心心心心心心心
心心心心心心心心心心心心心心心心心心心
心心心心心心心心心心

時計は何時をさしている？
——レトキ——

月曜日の朝はいつも寡黙だ
岸辺ですべてが止まったような
すべてが動きだしたような

いきたくないよ
という
いってもいいよ
という
心が玄関に座っている

風と小川　いつも若いのに
ぼくはもう若くはない
レトキと蔓草はつぶやいた

うなずいてしまうぼくは
灯が点いていれば何でもない小道を
目をつぶって黒く塗る

長針を人差し指でぐるぐる回しながら
短針の場所を探して歩いている
ぼくの時計は
いま何時をさしている?

寝　息

眠れない
夜の
片隅で
綱引きをしている
私の隙間をこじ開けようとするものと
私を黒く塗り潰そうとするものが
重いらせん《DNA》を背負う私を
生かそうとして
ころそうとして

だれかの私が生きてゆくためには
だれかの私が死ななければならない
寝息を繰り返し

壊れた朝

窓が白々と映る
寒九の布団のなか
庭で
つぶれた鴉の声がして

朝がゆっくりと飛び去る
捨てたつもりでも
何処かに引っかかっていた
神というものを
啄んで

閉じた花

陽が上って
ポーチュラカは咲き
陽が落ちて
ポーチュラカは閉じる
すべて陽のままに

一生自分を閉じないと
生きていけないと
その花は
らせん《DNA》から宣告された
そして
自らを閉じた

閉じた花から
茎をつたって落ちたもの
いや捨てたもの
律儀に行進していた蟻数匹
と
自分という毀れた器一つ

石のつぶやき

ぽた
っ
ぽた

っ
と
重たく
ふっても
ふっても
積も
ら
ない

春の
雪
の
よ
う

言　葉

おまえはどこからやってきたのか
初めはたどたどしく覚束なく見えるが　器用だから
すぐに仲間と手をとりあって　あつかましい顔
になり　おまえはそのつもりでなくても
ときに衣のように　ときに刃のように
姿を変え　まるで手品師のよう

おまえは静かな湖のような一枚の紙に　涼しい顔をし
て
とまった時計とともに横たわっていても
ふいに触れる何かがあると
おまえはうごきだし　波を立てて
告げようとする　湖いっぱいを使って
意味をもつということを
あるだけで空間をつくるということを

新しい世界を創造する力があるということを
そしてふるえるおれに迫ってくる
おまえとおれがどんな関係であるのかを

そしていつかは
おまえはおれの意識になろうとする
らせん階段を伝って　おれを支配しようとする
実際　おれはおまえなくして自分を構築することが
できなくなっている　自分を表すことが
できなくなっている　ことはわかっているが
おまえの広すぎる海に混頓としたもの　深すぎる海に
　溺れたもの
気ままに流れすぎるおまえを　止めようとしても止め
　られなくて
泣いたもの　血を流したもの　かれらの反感は大きい

夜
おまえはおれから消えていく　弁明しないで微笑みな
　がら
おれに沈黙のやすらぎと空白の不安をさしだして
そして　朝
きっとおまえはおれを支配している
暗やみの構築物に射し込む妖しい光となって

第四詩集『ふとんととうふ』より

ふとんととうふ

ふとんととうふ
とうふとふとん
どこかにている
やわらかいところがにている
どこをとってもおなじかおを
しているところがにている

ふとんが　ふではじまる
おんなのやわらかさなら
とうふは　とではじまる
おとこのやさしさと
とうふが　ふでおわり
ふいてたつと

ふとんが　んでおわって
すべてをのみこむ

ふとんよ　ひとをつつめそしてやさしく
とうふよ　ひとのなかにはいれそしてあつく

いちどくずれると
もうどうにもとまらなく
おさえられないところがにている
そのときがくるのをまつかのように
うつくしいかたちをささえる
ふとんはいちまいのぬのが
とうふはいちまいのみずが
りんとしためんをはっている

ふとんととうふ
とうふとふとん
ちがうものだから

ちがっていい
わたとしてうまれ
だいずとしてうまれ
ひとつのものとしてかたちをつくられて
ことなるしめいがあたえられた
そなわったちからから
みちびきだされたはたらきよ

とうふよ　ひとのからだになれ
ふとんよ　ひとのたいおんになれ

からだというじかんをつくり
ひとにそのじかんをおわせよ
ゆめというたいおんをつくり
ひとにそのゆめをおわせよ

じかんにしかくにしきられて
いつもとがってゆれているとうふよ

ゆめからいつまでもさめないで
なおつながりをもとめつづけるふとんよ

ちがいはあっても
どこかにてくる
ふたつのあいだで
とうふよ　ちからつよく
ふとんよ　しなやかに
からみあってにじゅうの
らせんをまきつづけよ

小篇1　案山子

案山子

どこからか　ぼくの声が聞こえてくるのでした
ぼくを補給してください

なくなりそうです　と
ぼくがぼやけているから
ぼくの前にただよう一日も
ぼやけて佇んでいるのです

お願いしてその一日に道を空けてもらいました
ぼくがやっと通れるぐらいの
道の向こうには会いたいぼくがきっといるのです
ですが
ぼくはその一歩を踏みだせないのです

人の形

空に誘われぶら下がってみました
軀は案外重いのです
手が肩が抜けそうです

今　人というものの重さで
自分を吊っています
自分の最期の形をこの重さに託すとしたら
充分過ぎるほどあります
それを　人は
人の重みとでもいうのでしょうか
人の重さとでもいうのでしょうか

座る

スイカは店の中で
〈一〇〇〇円〉の札をつけて座る
トウガンは道の端で
〈ほしい人は持っていってください〉
という札をつけて座る

同じ畑で

同じくらいの大きさになって
同じように座る

小篇2　雑踏

冬の笛

雑踏の中を
ぴっぴっと笛を吹いて
人が歩いていきます
笛の音に振り返り
触れ合う人は道を開けてくれます
怪訝な顔をしながらも

笛をもっていないぼくは
立ち止まって
道が空くのを待つしかないのです

つぎからつぎへと人は現われ
いつまでもその場に立ちすくんでいて

冬の日はその間にも暮れていきます
そんなぼくのために
木立の影がひゅーひゅーと
笛を鳴らしてくれるのです

間引き

畑に大根の種を播きました
この手で
水をやって二三日すると
芽が出てきました
競い合うように
小さな顔が　笑いながら
あっちからもこっちからも

日に日に伸びて大きくなり
肩がぶつかり合うようになりました

ぼくは密集してきたあおを
抜いていきます
このあおとそのあおを
手で抜いていきます

ぼくの手が
不条理をつくっていることを
ぼくの目は承知しているのです

火

ろうそくの火が重なると生まれる
明るさと影は
ことばが重なると生まれる
崇高さと毒にどこか似ています
人が重なると生まれる
存在と不条理にもどこか似ています

憂　鬱

湿った音をかくして
そよそよと　空を漕ぎ
開いたり閉じたり　ときに奔放に
波を打って前に進み
ときに裏返って後に下がり
空を見る
それでも　あおい色には
染まらず　染められず
風に平行に
昨日は右を向いてはためき
今日は左を向いてはためく

風のない日はどうしていいのか
分からず　旗なんだから
はためかなければ駄目だと呟いて
肩を落とし
立って　いまこそ
色をあきらかにする　ときなのに
そのはずなのに　どうしても
立てない　立たない日もあり

雨に濡れれば
軀に染みた重さを背負い
靡けない　靡かない
どんよりとした雲のように
今にも天から落ちそうな
だが　いったん旗を上げたからには
そう簡単には下りるわけには
いかない　下ろすわけには

明日は強い風に勢いよくはためき
はためかされて
堪えきれずに千切れるだろう
帽子を飛ばされ　上着を飛ばされ
裸になって　裸にされて
飛ばされて草の上に
飛んで池の中に
あの気ままな春の意のまま
たぶん
夕暮に向かって落ちていくのだろう

地下鉄

今日もお仕事お疲れさまでした
まもなく四角い箱がきます
お気をつけください

白い線まで下がってお待ちください
死んだ顔の方　二列に並んでお待ちください
割り込みはしないでください

前の人に続いてご乗車ください
今日も混み合っています　乗った方から
奥の方へとお進みください
まもなく閉まります
駆け込み乗車は危険ですのでおやめください
急ぐ必要はありません
あなたの箱がくるまでお待ちください
＝＝
本日はご利用くださいましてありがとうございます
この箱は地下を走っている右回り環状線です
地上とのケータイは通じませんのでご了承ください
なおお年寄の方には優先席をお譲りください
＝

＝＝＝＝
つぎは　栄　栄　でございます
お降りの方はご準備ください
動物園と植物園方面は東山線にお乗り換えください
ソクラテスも言っています
心の汚れている方は動物にお乗り換えくださいと
まもなく到着します
棚や頭に忘れもののないように
扉付近の方開きますから
怪我のないようにご注意ください

降りましたら躊躇うことなくまっすぐ進んでください
歓楽街があります　ひとときをお楽しみください
帰りのご乗車をお待ちしています
お得な回数券のご希望の方は自動販売機でお求めくだ

さい
本日は混み合っているなか　ご乗車ありがとうございました

ガソリンスタンド

いらっしゃいませ
カードを入れてください
暗唱番号を入れてください
案内が表示されましたら
あなたを入れてください

足を立ち止まらせないで
前に進ませてください
入りにくかったらそっと押し気味に
奥にわたしが横たわっています
届きましたら音がします
その音はわたしが反応している音です
反応は時間です　わたしでもあります
そのまま続けてください
変化も時間です　わたしでもあります
いま　ほのあかいこころが
あなたを通ってわたしの中に入ってきます
過去の反応と変化の塊が入ってきます
何億年もかかって静かにらせん状に
畳まれてできたこころです
粘っこく揺れるのは
過去の時々の記憶を思い出しているからです
プランクトンに似た形や
汗をかく生きものの姿が通り過ぎますと
熟したこころが現われます

いいです
しばらくそのまま続けてください

いいです　そのままで

軀の中に
こころが飽和しましたら
あなたを出してください
あふれる前に出してください

そしてゆっくりでいいですから
わたしの入り口を閉じてください
奥の方でわたしの波が
ゆっくりと納まっていきます

おんな

その友は言った

まだ学校に通ってないころ
村では葬式のことはすべて家でやっていてね
それは暗い部屋のできごとだったんだけれど
なぜか　鮮明に見えたんだ

近い親類の手伝いに付いていってね
他の子らと遊んで
忌中なのにきゃあきゃあと騒いで
奥の部屋にたまたま入っていったら
おばさんだったと思うけど
死んだおばあさんの体を
湿らせた白い綿でやさしく拭いていたんだ
それを見て静かになってしまったぼくらに
その人は　皺だらけになった
おばあさんを見つめて
ぽつりと言ったんだ
みんなここから生まれてきたんだよ　と

撫でるように白い綿を運ぶ

おばさんの手を追っていったら
しなびてはいたが可愛らしさのある
ものが見えたんだ
見たんだ　それを

包むようなあたたかいもの
いまもまだ
軀の中に残っていて
貼りついたまま消えないんだ

もののなか

もう
いつの日になるのだろうか
きみのひとみに
ぼくがうつっていたとき
きみが
まぶたをとじて
ぼくはきみのなかに
すっぽりとはいったのだった

あめにぬれて
はいったきみのなかに
ぼくはだいじなものを
そっとあずけてきた
きみはそれをしっている
そして　それを
だいじにそだてていた

それなのに
ゆめのなかに
きみとのものがたりを
おいてきてしまった
きみのきもちを
わすれてきてしまった

とりにいきたかったが
ぼくにはみちがわからなかった

あのとき
きみは　ほほえみ
そして　まじめなかおをして
ぼくのいくつかの明日のなかから
いちばんだいじな一日を
ほしいといった

そこには
くもることをしらない
われることをしらない
きみがいた
やわらかくて
ほどよいあたたかさの
いえのようなきみが

もののなかに
いるということは
つつまれているという
ことなのだと
きみはおしえてくれた

猿の道猫の道

ふくろは　風にのり風にながされて　白くまい白くまわされて　ときには影がおいつけないほどくるくるとはやく　そしてゆっくりとうかんでいました　ふくろの中にはものがはいっているよう　だが実はからっぽで　ただふくらんだりちぢんだりする空気がはいっているだけでした　ふくろの影が地の面に付き　ちいさくなったりおおきくなったりして　ふくろがまう理由をひろうようにさきへさきへとすすむとき　影はそれをしっているかのように　忠実にあとをおいかけてい

ました

風は　波を打ってふいていました　ふくろと影はその風をなぞってまがりそしてとまって　ときに離ればなれになってもまたつながり　かたまってすみっこでおいかけごっこをしながら　くっつきながらつっつきながら　風に身をまかせてながれていました　風がみぎをむいてふけば草をまたぎ　ひだりにむけば石に触れ　空の見えない星をたしかめるように蛇行して　そのたびに空といっしょに　影もすこしずつうすくなっていったのです

あるときふくろは風をつかんだとおもいました　ふくろの中の空気がぽかぽかした陽をあびてすっとふくらんだのです　それをまっていたかのように　内からのいやもっとおくからの自分でもよくわからない　ものが立ったのです　それは子猿のように親猿にしがみついただけかもしれません　ふくろは風をよびこんでおおきくなって　たかくのぼってゆき　ほこらしげにますますふくらんで　ふくらめばふくらむほどもっとのぼってふくらませたい気が　おこってきたのです　うすくなってきたあおい空にむかって　もうとまりません　影は地の面にはりついたまま　だまってみあげるだけでした　ふくろはあおられるようにまだ夢のようにまぶしい空にむかっていきました

きえるぐらいにちいさくながれて　いくつかの空が流れたあと　ふくろは　待っていた影にむかっておちてきました　あっというまに地の面にぶつかってぺちゃんこになりました　影とともにやぶれて　そこにはもう流れる血はありません　明日という日はだらりと手足をさげて　親猫にくわえられた子猫のようです　そこにあるのは寂光に向かってふく風だけでした

蛾の道

三分後というやつ　待っているとなかなかやってこな
い　忘れているといつのまにかすり寄ってくるが　あ
の死ぬ時というのも同じかもしれない　時はつれない
不思議なやつだ

白い蛾がばたばたとばたばたと　窓ガラスに頭をぶつ
けて羽を動かしていた　いくらばたばたやってもいっ
こうに前に進まない　進めない　だが蛾はあきらめな
い　あきらめるということを知らないかのように　ガ
ラスに頭をくっつけて　もがきつづけている　ばたば
たとばたばたと　蛾が疲れる前に見ているぼくの方が
疲れてしまうほどに
あんなに向こうの世界へ行こうとさせているものは
なんなのだろう　頭はしっかりと押さえられているの
に　気持だけが走っている　このままつづけていたら
力尽きるだろう　それでもなにかに取りつかれて　ば
たばたばたばたともがいている　だれかに指図されて
いるようだ

蛾の羽の動きはつづいている　時が止まったように
いや時だけが進んでいる　ため息が出て　いい加減に
飽きてぼんやりともの思いに耽っていたら　ほんの少
しだが窓が開いているのに気がついた　いつ誰が開け
たのかは分からない　ぼくかもしれない　はじめから
開いていたのかもしれない　それがその蛾の持たされ
た台本なのかもしれない　その隙間から誘うように風
が吹き込むと　蛾は軀を　風に向かってすーっと飛び
出させた　ばたばたというつらい運命にも似た音も
いっしょに窓から飛び下りた
世界は開かれ　白蛾は舞った　喜びに溢れた動きを
らせんにも似た飛び方をしたのだ　だが自然はそんな

に親切ではない　ただ次を用意するだけだ　黒い大きな物体が空間を切って飛んできた　いや蛾がその方へ向かって落ちて行ったのかもしれない　魅せられたように白は黒にのまれて　呻き声とともに向こう側の世界に運ばれてしまった　窓から飛んで三秒もかかってないような　もっと長かったような　その間にその蛾の一生は通り過ぎた　至福の時間のあとにはいつもなにもない　長い悲しみだけが残る　ばたばたという音もガラスにわずかに付いた鱗粉も　うすくどこかへいってしまった　何ごともなかったかのように　草は緑色のまま

悲劇の位置

悲劇はいつも
寒さが冬という字から抜ける頃に起きる
冬になれば雪もふる
それは仕方のないことなのだが
積もった雪はふりそそぐ陽光によって
雪であって雪でない重い石になる
昼下がりの気怠い重さといっしょに
それらが木の肢にのしかかったとき
問われたのは木の強さ弱さではない
雪の位置だった
体を破滅に向かって撓ませる雪の
突然めりっめりっと折れる
自死のような悲劇が
呼吸していくのに必要な
生きものとしての勇気と
生きものとしての鈍感さの
そのどちらでもない位置
たぶんその真ん中に起こった
そのとき木は抗うことをしなかったようにも
肢を犠牲にしたようにも見えた

あたかも何ものかに囁かれて
それに忠実に従った
いや従わざるをえなかった
それがこの位置かもしれない

その位置は私の中にもある

もうひとつの世界

どこかに
ひもで繫がっている世界が
もうひとつ在るような
一枚の紙の表と裏のような
表も裏もない地球のような繫がりの
草陰に身をひそめている虫が
たぶん知っているだろう

羊水にも似た水の出る泉を
その世界の入り口を

泉から湧きでる水が
湖を作り海を作り
ごぼごぼと噴出する時間を
生きものに与えた
それがその世界の行ないだとすれば
いつの日か
その現われた時間を消しながら
生きものの扉を閉じて歩くのも
その世界の行ないのひとつだろう

ひみつの部屋にも似た
その世界を
本を開くように
ひょいと開けることができたら
ひもをつたって

その世界に
ひょいと飛び降りることができたら
それはすでに未来に属している
いや
過去に戻っているのかもしれない

それが
ぼくの　あなたの
からだの中にある

AとA'

①　A

当たったのか　当たってしまったのか　気がついたときには目の前に陽が白く光っていた　このままではまぶしすぎる　黒くしないと耐えられない　軀の線を描いて色をつけた　凹凸があって　それがぼくのかたちだった

皺ができるごとに周りがよく見えてきた　すると誰かがうしろからつかむのだ　腕は釘に引っ掛かったように動けない　戸惑っていると軀の目盛りの1が突然2になり2が3に変わった　どうしてか分からない　元に戻したいと思った　どこまで？　どこまで巻き戻せばよいのか？　あそこか？　と誰かが聞くので　いやもっと…もっと先…と答えていると　突然羊水が流れこんできて小さい黒い点になってすべてが消えそうになった　風車は風がなければ回らない　回れないことを知った

夢の中で　へびにぱくっと喰われた　少しずつ消化されて　もうところどころ染みになりかかっている　陽に当たったときから　ごった煮のようなこのおなかの世界にいて　いま気がついた　まだ充分には生きてい

ないことに

② A’

陽を当ててやった　いや組み立ててつくったのが　こ
の立体物と言ったほうがいいのかもしれない　だれで
もよかったのだが　その立体物にとっては宝くじに当
ったようなものかもしれない　だがこの白さはまぶし
すぎる　ごまかすためにも匿すためにも少しは黒くし
ないと耐えられないだろう　こいつに線と色をつけさ
せて線に沿ってかたちを描かせた　それでぼくが出来
上がりだ

かたちがものを思うようになると皺ができる　皺はと
きに変なことに気づくので　あるとき腕を動けなくす
る　うしろから絵を思うように描けなくした　この線
から出てはいけないのだと　そのようにはできていな
いのだと分からせるために　ダイヤルの1を2にして
2を3にしてやった　そうしたら立体物は元に戻りた
いと言いはじめた　テープのようにあそこまで　あそ
こまで巻き戻したいと　ここか？　と聞けば　いやも
っと…　もっと先…と言う　思い切って始めまで戻し
てやると　声はしだいに細くなり　風がなければ回れ
ないことを識ったようだ

この立体物は自分の世界をつくった　おなかのなかの
ごった煮のような世界を　ときどきかたちから食み出
そうとするが　所詮私の手の内にある　ぱくっと喰っ
てから皺くちゃになってきたが　消化はまだだ　もう
少し振動させてから　ゆっくりと溶解しようと思って
いる　わたし？　私は鏡の向こうから　ぼくを見てい
るもの

スープ

洒落たレストランに行ったの
フランス料理の最初に出てくる　そう
あの泡が少し浮いたスープがあるでしょ
そのおいしいスープが
昔々海で地熱と日光によってできたんだって
海の中でぐつぐつと料理されたわけね
そのうちにあれもこれもとくっついて
大きさを超えてついに神秘になってしまってとうとう
生きものを支配する黒幕ができてしまったんだって
その黒幕によって生きものがどんどんどんどん
生まれては死に生まれては死に
野に山に川に歩き回っては足跡を残して
三十六億年も積もり積もったその上に
昨日の生きものは屋根裏で生まれたの
まだ開かない目で何億年も這っては探り
母は母で子を何回も何回も確かめるように舐めては
身近に集めておこうとするけどままにならないの
何せ単純な生きものが集まって
お互いに協力するのに何十億年も要したのだから
無理もないね
でも多さいぼうになったら　急に
黒幕があちらこちらと手を拡げて
魚ができて蛙ができて恐竜ができて
屋根裏に住む生きものができたの
つぶらな目が開いて歩けるようになると
今度はあれこれと勝手なことばかりするの
母はやめさせるのに疲れてしまって
ついには怒って首ねっこを銜えてね
でもすぐにまた同じ事をするの
何度も何度も馬鹿なことをして懲りないなんて
うちの亭主と似たりよったりね
今日もあくせく　がむしゃらに走り回って
気がついた時にはもう日は暮れていて

帰る道も分からないなんてね
おいしいスープから笑い声が
聞こえてくるようね

駅はいつも夕暮

駅にはいつも人がいてたまに人でいて秋を待つ人に見え
駅にもたまに夢があっていつも夢であってそれでも並ぶ人がいて
見えない紐に縋って出会える人がいればなくて別れる人がいる
立つ人があり立たない人があり開く人があり開かない人があり
線をもつ人と円をもつ人がときを得て結び目をつくる
人が遠くに見えたり近くに見えたりするのを色の所為にして

黒すぎる人が透明すぎる人が暑さ寒さを着ている
いつも肯定から入る人がいればいつも否定から入る人がいて
丸ごと本を抱いている人が丸ごと本に抱かれて
他人を装い自分を装って自分の顔を見失う
氷の上をうまく滑る人がいて氷の上でうずくまる人がいて
真ん中で踊る人と周りを埋める人のコンポジション
ぼんやりと歩く人と輪郭の端を歩く人とで駅を形づくり
多くの多くの人がいるゆえに孤独をもつ人という生きもの
昨日の電車に乗る人が行き明日の電車に乗る人が下りて
駅にはいつも人がいてたまに人でいてあきを待つ人に見え
駅はいつも夕暮

東京ララバイ——飛鳥Ⅱツアー——

太平洋の白ワインを飲んでワイワイと
いっそのこと暗闇に飲まれてしまえとワイワイと
大波小波の誘惑を蹴散らしけちらし
サーフィンしてビバルディの四季に酔えば
日の出がすべての闇を消していく
横浜の軀に接岸してぴったりと
その奥にある東京は上品に着飾ってきらきらと
すっぴんの顔は見せずににこにこ
それでよしよし東京ララバイ
風は己が好むところに吹くのに
皇居は風も届かないガラスの中にたたずむ
あんなにも広い空間にさぞさびしかろう
堀と森と儀式の壁に囲まれ
DNAにも二重に縛られて日本のララバイ
かつて歩いた渋谷新宿六本木
いまも止まらず進化する怪怪
ダンスの好きだったあの娘はどうしているやら
ほくろを連れてネオンの下を
わたしは死なないと
どんどんどんどんと歩いていったが
そんな足の運びでは軀がもたないのに
いつまでも囀るしかない太平洋の白波のよう
底の部分に　親を失った子の子を失った親の
やりきれなさを沈めて
きんきんきらきらしかない頭の中の毎日毎夜
丸ノ内銀座に富士山に似た鼻はみちあふれて
息づく白い肌をちらりと見せてほほえめば
どちらが深い夜の情け夜のふところ
太平洋の暗闇にララバイという
氷に光と熱がくっついて
冷たいところとあたたかいところがまだら模様
渋柿の熟れた帝国ホテルの
にくいほど程よい堅さのベッドに横たわれば

東京のど真ん中でこの匂いこの落ち着き
さすがおとなの女の葉擦れの趣き
ハンガーは肝斑を匿す濃い茶のカラーが架かる
林立するビル　屹立するトランペット
ホテル二十九階から高らかに東京ララバイ
一千万人をふところに抱いて息する色の
赤いシンボル東京タワーよ
ゴォーという響きは苦痛の喚きか喜びの善がりか
重く空を覆うのはだれのため息や
そんな東京におれを見せてやると
窓際で裸を突き出す馬鹿がいたよ
人が多くなりすぎると黄金律がなくなるのか
怪物を飼い馴らす壁をもたない東京の
映画の中のララバイ
朝六時まだうす暗き顔はぼんやりと
師走に横たわる目は霞んで東京湾
煌めきはいずこに棲むや
魂の背中も見えない

ビルの群れの前を足早に無口の人は
行き交う尖った目の中に疲れを溜めて
きれぎれの虹を浮かべる
地の面にうじゃうじゃと蟻が這い回るのを
四十階から見下ろす淋しさ
自分は砂粒ほどにもならないのかと
エレベーターに乗れば
速すぎて追いつけないけれど
彼らには知らないであろう
右手と左手を合わせれば生まれる安らぎを
わたしは知っている
泣く児を抱き上げて腰を痛めるのが母なのだと
香りのよい紅茶に檸檬の
最後のひとしずくを絞って垂らす
法然は三度この世に生まれてきたというが
東京の生のララバイに触れて
指のすきまからこぼれ落ちた砂を拾ったようだ
いずれわれはなくなるということほど

確かなことはない
もういい充分に生きたと
生ビール一杯で真っ赤になる顔
泡を飲む人とアルコールを飲む人がいるように
生まれたことも知らずに死んでいく人もいる
安上がりに氷も溶けて
壁があるからこそ生まれる自由が
あるような気もして
ときにいびつな空間と時間を創る
ＤＮＡへの憎しみの核心は
愛情であったのかもしれない
阿弥陀仏（永遠なるもの）はＤＮＡのことかなと
南無阿弥陀仏を唱えるわれ
自分自身を見失いたくさせる
東京ララバイに乾杯する
タタター

第五詩集『のれん』より

隣《となり》の奥さん

となりの奥さんが春を纏って
歩道の草を取っている
お尻の円周率くっきりと
微分して直線に
積分して面積を歩く
ぼくの足の音に
奥さんはふりかえった
きらきら光る粒の汗
両手にいっぱいの草
奥さんの軀が無防備に曝け出された
朝の陽が真っすぐに立った
まぶしさに包まれたぼくの視線が
まろやかな位相空間をただよい

奥さんをふわっと覆う
夜の露を溜めてこぼれて落ちる
奥さんの緑草をぼくは踏んでいた
あっという小さな声が漏れる
ふたりの間のマトリックスが乱れ
空の群青色が襲ってくる
ぼくは一目散に駆け抜けた

日間賀《ひまが》島の朝

物相頭《もっそうあたま》の島が黒く浮かんで
夜の端から太陽の裾が
真一文字に顔を覗かせると
突堤に屹立する灯台が
赤く染まる
鳥影は待ちきれないのか
嘴から水平線に切り込み
ずぼっと潜り込んだ
海の命を呑み込む
短くて長い時の
聴こえるような静けさ
細かい泡がいくつもいくつも
浮かび上がっては消え
やがて影が海面を破って
荒々しく息を吐いた
なま温かい気が海を包む
何万年も続くこの
生の底からの突き上げに
海は朝がくるたびに
昂揚する
まだ醒め切らぬ波が
寄せる浜には
打ち上げられた蛸が
ぐったりとのびて

恋《こい》

まあるいものよ
おもてもうらもない
まえもうしろもない
はずなのに　ころがれば
うえになりたがる　いや
したになりたがる
いつもはかくれているのでしょう
おそるおそるめくるとあらわれる
むすうのえんのなかに
みをいれると
いくえものわにつつまれて
ほんのりとまるく
そこをくぐりぬけると
まあるいものがあって
うちょうてんになり

そこをくぐりぬけると
またまあるいものがあらわれて
ふわふわうかんでうまれかわる
それは
たまねぎが　いちまい
いちまいはがされるようでもあり
ゆきだるまが　ころがされて
おおきくなるようでもあり
あせがでるにつれて
まあるいものはちいさくなり
いや　おおきくなり
まめのようなひとつぶに
ひろがるたまごのせかい
すべてがらせんをまいて
ぐるぐるぐるぐると
みをすてようとしている

輪《わ》ゴム

指で摘まんで
大きな丸い口に
人差し指をちょこんと入れると
生温かい風が絡みつき
見えないけれど
らせんを巻いたトンネルが
向こうにあって
吸い込まれそうだ
ちょっと捩ってみる
指に応じて象が変わり
少しずつ細くなる切れ長の唇
さらに捩ってゆくと
8の字になったふたつのおちょぼ口
さらにぐるぐる巻いてゆくと
アンドロギュノスの
男と女はもともと一体だったという
張力が　あたかも
人間のすべての欠如をふさぐように
巻きつく　上の口から下の口まで
埋められて得られた
ぎりぎりの結論と沈黙
永遠を孕んだ束の間の
輪ゴムの世界
手を離せば突沸したように
からだが宙を舞い
だらんと大きな口を開けて
ぶるぶるふるえる

クリップ

煩悩のソファに深く埋もれ
テレビにどっぷりと浸って

日常の人は
流れのない空気の中で
その細長い軀を撫でていた
円いところはゆっくりと
なめらかなところは滑るように
くっついているところはこじ開けて
狎れた手つきで奥深くまでまさぐると
もとの形が変わりそうなぐらい
二本の線は開いた
指が
ヘヤピンカーブに差し掛かった時
日常の人は横たわる裸形を
まじまじと見た　それから
くるっと回して躍らせようとした
その拍子に指がすべって
勢いよく跳ねたクリップは
宙を舞って淡い光を放ち
すっと消えた

日常の人はあわてて
絨毯をかき分け
眼鏡を外し顔を近づけて
ソファの隙間を覗いた
そして延ばせるだけ手を延ばした
………
だが触れるものはなにもない
手の向こうに見えたのは
火宅の居間を掃除する
わが観世音の二本の素足と
埃の付いたモップだけだ

牛《ご》蒡《ぼう》

細くってごつごつしていて
別にきれいでも
なんでもないんだけど

煮っころがしにすると
座を盛り上げて
うまく付きあってくれる
ぎごちないが
あんなにひょろ長い軀で
土の色と土の匂いの
皮を剝くと
おまえ案外と白いんだなあ
裸のおまえの筋は縦に通って
しゃきっとおれに食われてくれた
ときに歯と歯の間に挟まって
だがそんなおまえを
おれの口は喜んでいる
地の下で狭く育ったおまえに
余計な甘みはないが
何度も何度も嚙むと
味が滲み出て
ついつい手が伸びる

おまえ
装って
口紅でも引いたら
ほんとはべっぴんなんだろ

豆《とう》腐《ふ》

はじめて出会ったとき
おまえは
自分を冷たい四角い女だと
つぶやいた
でもやわらかい女だなぁって
どこか他の女と違うけど
おもしろい女だなぁって
いっしょに呑んだとき

おまえは
相手を疲れさせないように
相手の味を立てて
そっと身を横に傾ける
そしてゆらせるように崩す
手も足も
何もかも白い女だなあって
触ってみたい女だなぁって
……………
……抱きたいなぁって
わたしはおまえの冷えた裏まで
舐めてもいいような気になった
どうやらわたしは
おまえにあたってしまったようだ

黄《き》身《み》

きみきみ
きみはおいしいね
太陽のようなまるいきみの
とろっとした身の
とうめいなうすい膜を
ぷすっとつくと
きみはとろりとこぼれ
ためらいがちにながれて
箸にからみつき
やがてわたしの
いのちのみなかみの
きみを
うえからしたから
かきまぜると
すこしずつすこしずつ

器のかたちにそまって
あたためると
軀をひらき
目をつむる
ひとつひとつに
喜びがあふれ
悦びがさけんで
ころころころがる
きいろのひかりの
かげをつくらない世界
きみきみ
きみの顔のさだまる
なんとえんまんな

餅《もち》

なめらかな肌よ
身をうちにとじこめて
もちっとしてやわらかく
おせばそのえくぼに
すいこまれそうな
ひっぱればどこまでものびて
すけてみえる穴のあやしさ
きれぎれのひとつを
つまんでそっと口に入れると
こうばしい匂いがひろがり
歯にくっついてはなれない
それでもかまわず
めくって　はがして
嚙んでゆくと
目をつむる
ながれにまかせて
舌にころころと
ころがってはしゃいで
座禅をくんだり

ねころんだり
ときに花になったり
蝶になったり
顎によこにうえにと
こねてこねられて
唾液のいとにからめとられ
うわ顎に身をおおわれてあなたは
いつしか
手をのばし
喉ちんこをぎゅっとにぎっている

暖《の》簾《れん》

てをのばし
かきわけて
あしをふみいれると
ぬるっとしたうちの
ゆげがはだにまとわりつき
うどんのにおいと
かつおぶしのかおりに

とびかうこえが
てんじょうやかもいや
えんばしらにはりつき
つるつるつるつると
ほそくふとく
しまるのどをとおるや
ながいものがながく
つらなってかさなる
むじょうのよろこびが
そらまでとどくひとときの

みちたりたからだから
ゆずのかおりが
するりとぬけるように

かきわけられたのれんは
ゆらゆらゆらゆら
ゆれてそよぐ

ランチ

フォークで軽く押さえ
尖った先に
手応えを感じつつ
ハーフロウストチキンの
腿の部位にナイフを入れ
一切れを刺して口に含んだ
やさしい味がした
すこし前まで歩くのに使っていた
しなやかな筋肉だ
ついで羽のあったところに
ナイフを入れて　切り離し
肩の辺り　背の部分と
ライオンがおいしいところを
喰いつくように食べた
パンを千切って食べた
ライオンならここでやめるだろうが
さらに胸や足の骨に
こびりついている肉に
切りこみを入れ
ハイエナのようにつついて食べ終わった
コーヒーを飲む
テーブルの平原は
何事もなかったかのようにおだやかだ
大きな皿の上に骨が散らばっている
もうそれぞれが繋がることはない

なぜか母の顔が浮かんだ

自然法爾《じねんほうに》

一歳の子がほほ笑んでいます
鏡に映った顔を見て
あなた　だあれ？　と
鏡の世界をもの珍しそうにのぞいています
向こうの子もゆっくりのぞいています
いないいないばあ！　と笑ってかくれると
心配になって　向こうの子も
横から裏をさがしています
どこにいるの？　と

鏡の中は光があふれて広いのです
お互いの人差し指をくっつけあって
一歳の子は向こう側へ行こうとしたのですが
向こうの子とおでこをぶっつけ
怖い顔で睨みあっています

一歳の子がちゃめっ気を出して
あかんべーと顔を突き出すと
向こうの子も負けじと顔を突き出します
すると髪の毛がふわっと舞い上がり
捩れた毛と毛が抱きついて
二重にらせんを巻きました
うーうーと呼ぶ口と　くーくーと応える口は
おかえりと　ただいまの　呼吸をしています
一歳の子が　たとえばここから落っこちたら
向こうの子も飛び降りるでしょう

鏡の子がほほ笑んで手をふっています
わたしはいつもあなたの中にいるから
いいから　あなたはそのままに
わたしがすべてをはからってあげるからと
一歳の子がほほ笑んで手をふっています

こじか組のあなた

ガラスの向こうから
切手を貼ったり
小便に溺れる夢を見たり
跳び回るあなた

朝の陽には七色があると
目を輝かし
夕の陽は
空が燃えていると怯え

夏の日の
路傍の色のついた小石を選び
もののはずみで車に轢かれた
蟬の
墓標にするあなた

そして冬の美術館で
人の顔をした白鳥の
オブジェの前で足が止まり
そのまま固まって
オブジェになってしまった
あなた

陽《オブジェ》

陽よ　あなたは
いつも
どーんとしてただ広い
青い骨壺の中に
いるんだね

陽《ひ》――往相還相――

手をふって
学校へ向かうあなたに
手をふって応えた
ランドセルが
縦に横にゆれている
赤い色のはずが
地平線から離れるにつれて
だんだんと
白くまぶしくなって
空へ吸い込まれるよう

手をふって
家に帰るあなたに
手をふって応える
帽子が
おぼろげにゆれている
一日をなぞるように
地平線に近づくにつれて
だんだんと
赤く大きくなって
ただいま　という

陽《ひ》

気配に目が覚めた
寝たまま声をかけても
なにも返ってこない

夜にそっと忍び込んだのは
確かなようだ
手で探り足で探ると
かすかに温もるものがある

部屋越しに呼んでも
起き上がって
廊下の角を曲がってもいない

庭に黒く映る木の
葉がざわつく
どうやらそこにいるようだ

手水鉢の水の輪が
半円状に広がる
チューリップの赤い蕾が
追うように首を傾けて
すこしずつ開いてゆく

陽は
その先にいる

蜥《と》蜴《かげ》

父が石の上でうつらうつらと昼寝をしていた
手と足を畳んで
短い蛇と間違えそうだ
小石を投げてやった
迷惑そうに大きな瞼を開けた
自然に重なった目線を逸らし
手と足をそろりと伸ばした
そして器用に踏ん張って石から下りた
何か言いたい顔をして見上げていたが
そのうちふっと草陰に消えた
紫陽花の咲くちょっと前のことだ

蜂《はち》

なんというやつだろう
ブーンブーンと羽音を立てて
眼を大きく見開き
敢然と向かってくる
禁断の巣に触れたおれを刺すために
他にはなにも考えていないのだろう
橙に黒がまだらの軀の内に
もうひとりの自分がいるようだ
毒針を刺せ　そしておまえも死ぬのだと
おれにかわされても
むげに軀を払われてもかまわず
奥底にあるうず状の模様を永遠に残そうと
すべての退路を封じてしまう
低い唸り声だけが支配する
閉じられた世界　その空気は
乾いている　いや乾きすぎている
そいつは　そいつの背に輝く
同心円の光に押されて突進する
その眼に映っている風景は陰画《ネガ》なのだろう
ひっくり返った世界の中で
おれは白く輝く標的になっている

やつ

口を開けると
いきなり飛び込んでくるやつ
恐る恐る忍んでくるやつ
立ち止まったまま
様子を見ているやつ
いろんなやつがいるが
いったん入ると
どいつもこいつも潜り込んでは

あたり構わず触れ
なかには舐めまわすものもいて
大きな顔をしてはしゃぐ始末
わたしの腑を撫でたり
息をふきかけたり
そしてときには荒々しくまさぐり
わたしの骨をかき鳴らす
毛が逆立って抗う力も失せて
されるがままにじっとしているのだが
やつが激しく胸に
突っ込んでくるときには
頭の芯まで揺さぶられ
熱が出て汗が流れる
するとやつは細胞のように
つぎつぎと分裂を繰り返しながら
べっとりとわたしの軀にまとわりついて
わたしを燃やしはじめる
めらめらめらめらと

やつによってわたしは燃やされ
わたしはやつのために灯る
火になってしまう

イカリソウの花《はな》

雨上がりだった
庭の草を取っていたら
ふと腕がむず痒くなった
見るとやぶ蚊が止まっている
なんだか針金細工のようなやつだ
手が土で汚れていたので
振って離そうとしたが
逃げようとしない
しがみついて吸っている
ずうずうしく吸い続けている
しばらくしてやっと

刺していた吻を収め
こちらを見た（いや睨んだ）
思わず手が出た
蚊は潰れた
皮膚に張り付いたまま
真っ赤な血が飛び散って
まるで泥に塗れた
イカリソウの花のように

種《たね》

模様のついた鉢に
元肥を底に敷き
腐葉土を入れて
種を播いた
水をやった　朝な夕な
こころ待ちにしていたら
芽が出てきた　土を持ち上げて
少しずつ　すこしずつやわらかく
芽は開いて　可愛く
かわいらしく　そっと
手で撫でてやると
ゆれて　撓ってこらえる
水をやる　やさしく
大きくなれと
芽は伸びて
伸びてそのうち
形ができてきた
が何かおかしい
どこかおかしい
袋絵と似てない
葉が尖りすぎる
伸びすぎる　開きすぎる
……
これは何だ

ぷちっと引き抜いた

洪《こう》水《ずい》

花にホースで水をやる
鉢の近くにあった蟻の穴にも
水をやった
あわてて逃げまどう蟻で
穴はパニックだ
溺れる蟻　流されてゆく蟻
草でもなんでも摑もうともがいている

＊旧約聖書創世記

し

しが
わさびのようにすりおろされて
くちにどかっとはいると
そのままよこになり
はながつーんと
のどがつーんと
みみがつーんと
あたまがつーんと
あしのさきまでつーんと
きつりつして

あんちじょの
ふゆをかがんであるくひとの
しろいといきが
これはちがう

これもちがうと
うかんではきえる
ひとつひとつのしに

いつもなら
しというじは
しいじょうにはならないのだけれど
けさの
このしというじをみていると
しのせんがのびてはしりだし
すいへいせんとまじわって
くるっておどりだすのだ

首をふる世界

低くどん詰まった声がして
一ミリいやその十分の一が動いた
そうだ　それでいいのだ　これで
かかわりは一メートルぐらい動いた
このまま続けて門をくぐって行け
力を入れよ　気を入れよ
邪魔をするものがあったら
隙間に手を突っ込んで
息を吹きかけてこじ開けよ
頭に血が上って
血管が切れそうでも構わない
ちょっとだが
向こうに光の影が見えたような
だれかの声が聞こえたような
だが大きな頭がつっかえる
狭いのだ　ここを抜けるには
風があるようなないような
狭くて　それでいて
定まらない空間なのだ
えーい思い切って　緒を握り締めて

顎を下げて　頭から跳ぶのだ
ここがロドスだ　軀を空に
舞わせよ　そして
流れて行けばいい　あるがままで

頭の向こうからだれかが呼んでいる
扇風機が首をふっている

ゴールネット

ボールはきれいな放物線の影を描いて
すぽっと入り
ゴールネットのきゅっとしまった腰を
ゆっくり滑って落ちた

ネットはゆらゆら揺れている

ボールはぽんぽん弾む
もう一度投げる
今度はネットの縁をなめるようにして
廻りながら落ちた

ネットは心地よさそうにふれ
ボールを催促する　もっともっとと
投げる——落ちる——また投げる……

いつの間にか日が暮れている
あらゆる形がうすくなっているなか
だらりとして垂れるネットに
ただ惰性でボールが落ちている

楽曲《きょく》

タクトが振られた

ゆっくりと地平線を引いて
天と地を分けた
天に音が立ち上がる
地に語が流れ出る
初め遅くやがて速く
タクトに絡みついて
語の精霊が顔を上げる
叫ぶ顔　目で訴える顔
耳を塞ぐ顔
タクトは一つ一つを拾う
膝を曲げて掬い上げる
腕をいっぱいに伸ばし
目いっぱいに軀いっぱいに
抱き締める
そして開くそっと
動詞が迸る
形容詞が天に渡る
歌が後に続く

直喩が隠喩が
山を越え荒野を行く
穹窿に夕陽の音を響かせて
風に創造の旗を靡かせて
ときに足が縺れ汗が散る
軀をくねらせ尾をくねらせて
ぶつかりながら
傷つきながら押し合いながら
黎明を背負って
泳ぐように競うように
世界が沈み世界が生まれる
ぼくはぼくの心音より
一オクターブ高い神話に向かって
突き進む

赤い花

きれいな腸ですね　と
なめらかに言っていたお医者さんの
口が　突然止まった
モニターテレビには
派手な
赤い花が映っていた
紅い花ではない　赤い花だ
夕方の太陽が潰れたような
大腸癌が咲いている
手の平の半分ほどの
茸の傘の裏に似た襞を持つ
この花が　こんな花が
私の生死を握っているのだ
私の中で　腹の中で
何か月いや何年咲いていたのか
刺客として
あまりにも鮮やかすぎて
涙で
笑いたくなってしまった

大暑

あっちをむいて　ごろごろごろ
こっちをむいて　ごろごろ…
ブロッコリーへでもいこうか
ふさいだ声に
ブロッコリーじゃないよ
ブロンコビリーだよ
孫の声がひびく
イチローはどうだ

ちがうよスシローだよ
ただ言ってみただけの
頭のうちもそとも
まっしろけ　いやまっくろけだ
大暑におかされて
腹のなかでは癌がごろごろころがって
あすは入院なのだ

そそけだって　ただころがる
もうたてない　いやたたない
なにもかも

俎板の上にころがされて
ウナギのように捌かれる
このぎりぎりの命の身よ

いいかい　爺爺が手術するのは
だれにともなく言う
大腸を切って
ヒツマブシにするためじゃあないよ
ただただ　そう
ヒマツブシなんだからね…

223号室から

八月四日　大腸癌手術のため朝入院　223号室
　下剤飲む　トイレに何回も何回も
八月五日　午後一時二十分　手術着に着替えて
　223号室から手術室へ歩いてゆく
真ん中に手術台がある　案外狭い
横向きに丸められて寝る　背中に
麻酔の細い線が入ったが
思ったほど痛くない　静かなしずかな…
機器に囲まれた夏の日だ

ネムルヨウニ　気ガトオクナッテユク
ソコニ　ワタクシカラ
ハグレタ　ワタシガイルノダガ
手ヲ延バシテモ届カナイ

＊

蟻ガゾロゾロト穴ヲ通ッテ
ハラノ中へ入ッテクル
ソシテ
赤イ肉ノ小片ヲモッテ出テユク

＊

コンドハ　鴉ノ嘴ガ
入ッテキテ　大キナ肉ノ塊ヲ銜エル
ソシテ　壁ヲ越エヨウトシテイル
ダガ重スギルノカ　大キスギルノカ
越エラレナイ　何回モ試ミルガ
何回モ　シッパイシテイル…

終りましたよ　やさしい看護師さんの声が
耳元でした　集中治療室だった
悪いところは全部取りましたよ
午後六時を過ぎていた
わたしは泣いた　涙は出なかったが
八月六日　朝　集中治療室から２２３号室まで歩いて
　戻った
痛いのを堪えて　腹をそっと押さえながら
生きているのを確かめるように　一歩ずつ
一歩ずつ　熱が出た　38度３分

ある手術

夕焼けのなか
丸っこい鴉が
路上で横たわる動物を
　つついている

何度もなんども
落ち着かなく
周りの様子を見ながら
皺だらけの足の鉤の爪で
まだ動いている獲物を抑えつけては
嘴で皮を剥ぎ
肉を展げておもむろに
赤く爛れた臓《はらわた》を千切る
そして
無雑作に咥えると
空に見せびらかすように
高く持ち上げてから
喉の奥に落とす
ひとつふたつと
呑みこんで収めると
満足したのか
ゆったりと
羽を大きく開いて
飛び上がった
赤く染まった
西の空に向かって
嗄れ声でないて

白い病室

どこかへ繋がっているような
そこで行き止まりのような
白い病室の
ベッドの枕元にあった呼び出しボタンを
握っている死神がいた
押そうかやめようか迷っている

*

病院の汗をかいている紙パックの
飲み口のうすい紙をはがしてストローで突いた

ぷすっと破れる音がした
中の液が抗う　大腸がのたうち回るような感触
紙パックの腹を手で抑えると
赤いものがどろっとストローを上ってきた

＊

大腸を切り取る　癌の手術を執刀した
丸っこいドクターが病室にやって来た
視線が走った　まだパイプの刺さっている
腹の痛みが　白くなった
死線が遠退いてゆくのが分る

＊

亡父の手鏡で
ぞりぞりっと髭を剃った
……白い光の中で
父の
蜥蜴のような目が私をじっと見ている

生きもの——海抜0メートルの春——

あたらしいいきものの
しゅつげんのような
すっぱだかのやもりが
しゅんらいとなっておちてきた
ほんのうえに
よみかけのじんせいの
ぺーじのなかへ
うぶげもなく　つるつるした
うまれたてのようなはだで
あかとあおのもようが
ほんのりとうきでて
あそこもそこも　おしげもなく
ひらいてみせた
はだかのてんしが
あしをふんばって

よろめきながら　あちこちと
ぶつかりながら
こわくてきな　おおきなめを
きょろきょろさせ
にんげんのそんざいの
くらがりをみつけると
おもしろがってもぐりこんだ
つくえのうえは
いつのまにかぬまちにかわり
あさのひが
きらきらとなまぬるい
はるにとりつかれた
もうひとりのぼくが
めがねをかけたむつごろうとなって
ぺちゃぺちゃとどろだらけで
およいでいる

生きもの——存在——

はいそこそこ
ゆっくりと強く
あなたを投げよ
そして置くそうっと
すると
周りのすべてを
とかして溶けて
とけて溶かして
流れ始める
小川のように
急流のように
大河のように
ステップを踏んで
舞うように　そう
そこで胸を張って

そうっと息を止めてとめて
吐く　好きとか嫌いとかを
そうちょろちょろっと
ふるって震わせて
屈ませてかがんで
そして立ち上がる　どーんと
宙に向かって大きく
大きく伸びをする
手足をのばす首をのばす
背をくゆらせるゆらゆらと
揺すれば骨とほねが当たり
命が叫ぶ　魂があなたを呼ぶ
強くよわく
うぶーうぶーんんんん
んんんんーと
そこだ　世界に全世界に向けて
発せよ　もっと
そうだもっともっと高く
あなたを響かせよ

生きもの——こころ——

ぴんと張っている
いや四線ともはりすぎている
今にも切れそうなあなた
やさしく強く　左手で押さえて
横へよこへとすべらせよ　そして
右の手で弓をそっと摘まみ
あなたに当てて　押したり
引いたりするのだ　息を合わせ
ときにアレグロ　ときにアダージョと
♯をつけて♭をつけて　傾きを
鈍角から鋭角に　そしてまた鈍角に
あなたを弾く　やわらかく真っすぐに
するとそこに

見えないかも知れないが
ひとつの律動があらわれる
繰り返しくりかえす拍子があなたに
固有の永遠《とき》を刻んで　旋律となって流れる
目を瞑れば　胴は震え
あなたは　あなたと弓との
フーガの世界に包まれるだろう
それはあなたを　もっとも高い
いや深い境地へとみちびき
いつのまにかあなたは
弓の虜となり　僕《しもべ》となって
楽曲に操られるようになる

生きもの――鍵《キー》――

存在を
指先で触れると微かにふるえた
ドアをやさしく開けて
内に入り運転席に座った
うれしさを一呼吸して
シートベルトを装着した
あなたに鍵を差し込んだ
エンジンがかかった　いい音だ
足を踏み込むとテンションが上がる
ハンドルを操作してゆっくりと丘を周り
なだらかな坂を登った　汗をかきながらも
あなたは気持ちよく反応した

わたしは悦びを感じた
湖のふもとに停めて
目を瞑る　鳥はさえずり花は開き
陽は真上にそして越えていった
あなたの風に乗り
あなたの葉の落ちるなか
ゆらゆらと余った時は無言になった

しだいに息が重くなった
あなたがわたしの胸の上に乗っているのだ
エンジンを切った　息を整えて
ドアを開けて外へ出た
ピーピーという警告音が鳴った
鍵をあなたの中に置いてきてしまったようだ
あわてて取りに行く
わたしの手には躊躇いがあった
ゆっくりと鍵を抜いた
カチャッという音にふるえを走らせ
あなたは深淵の口を閉ざした

生きもの——昼の月——

すべてのみなもとである
あなたから生まれた
熱くてやわらかいかたまりは
こねこね　こねこねと
太陽の色の　火の色の
ひかりの杵にもまれ
穹窿の臼で擦り込まれて
何年も　いや何億年も打たれ
芯を突つかれたそのたびに
杵を深くに抱きかかえて
せいを取りこむも
みずからは輝けない
みずからは踊れない
手も足もない
まるい形に象づくられて
冷たく透き通った白い肌は
今日も青い空に撫で回され
だんだん　だんだんと
かたむかされて　傾いて
赤い空に胸の高ぶりを覚え
夜に覆われると

まんまんに膨らんで　らんらんと
その役割を果たす　そして少しずつ
すこしずつ穴を開けられてゆく身は
あなたの影で充たされて
その記憶はそのまま軀に刻まれ
積もり積もって
あなたの道理に順う
昼の月は
春陰の顔をして
白い道を行く

生きもの——春闌《た》く——

曲がっていた棒が
真っすぐに伸びたのです
わたしの前で

躊躇いながら跨ぐと
そいつはちらっと見てから
おもむろに動きました
ねっとりとした生身の
奥まで裂けた紅い口から
舌を鞭のように出しては引っ込め
舐めるように這って
庭の草叢に潜り込みました

しばらくすると
露に濡れた草の上で鎮座しています
なにか大きなものを呑みこんだのでしょう
ぷくっと胴を膨らませて
不完全なとぐろを巻いて
顔は三角でないから
毒は持ってなさそうです
頭を動かしては
さてどうしたものかと

周りの様子を窺っています
やがて
ゆっくりと
その長い軀は動き始めたのです
奥の座敷の方へと
畳にぬめぬめした春を残して

生きもの――ロ――

ぽかぽかした縁側の昼下がり
庭でブタクサとヨモギが
喉から心地よさそうに
花粉を放出している
蒼穹の奥へと生を乗せて
うとうとしていると

大きな口を持った生きものが
くねくねと延びてきて
わたしをぱくっと呑み込んだ
籠った音と細長い管の
奥へおくへと吸い込まれて
わたしは怖さに縮んでいた
軀を伸びたり縮んだりさせて
先の見えない管を
揺れながら這っていた
そのとき肌で感じたのだ
生きものの
真っただ中にいるんだと
するとしだいに軀が立ってきて
だんだんと硬くなり
空をも突かんと聳えはじめた
生あたたかい風が吹いてきて
はっとして目を開けると

妻の掃除機が目の前にあった
おまえうまそうだな　と
大きな口を開けている

生きもの――妖怪の唄――

満月に唄えば
妖怪が踊りだす
　ゲラゲラポー
　ゲラゲラポッポ　ゲラゲラポー
ねえ知ってるかい
スズムシって虫は　交わったあとに
食べられてしまうんだよ
　ゲラゲラポー　ゲラゲラポー
　ゲラゲラポッポ　ゲラゲラポー
雄は翅を擦り合わせてね
夜の色を懸命に響かせるのさ

そして雌の耳元でそっとささやく
　ゲラゲラゲラゲラ　ゲラゲラポー
恍惚の顔をした雌に住む
妖怪に向かってね
　ゲラゲラゲラゲラ　ゲラゲラポー
　ゲラゲラポッポ　ゲラゲラポー
　ゲラゲラポッポ　ゲラゲラポッポ
　ゲラゲラポー…………………
妖怪はかじり始めるのさ
雄の頭をそして足を
くしゃくしゃと
口の中をおまつりにして
今日は祝祭日と
　ゲラゲラポー　ゲラゲラポー
　ゲラゲラポッポ　ゲラゲラポー

＊歌は妖怪ウオッチ（テレビのマンガ）より

生きもの——テロップ——

スカートがひらひら　ひらひら
女子高生の笑い声が　おちょぼ口から
ぽんぽん弾けて　地下鉄コンコースに転がる
頭上のインフォメーションボードに
時計の針のようにゆっくりと　だが確実に
テロップが静かに流れる
【……日本列島に南から】
突然　斜めに字体が崩れ落ち
【来ます　お気を付けください】
という画面になった
ゴォーという音とともに　三万年の歳月が
暗い線路の洞からやってきた
南の匂いのする風がスカートを捲り上げる
女子高生はスカートを押さえかん高い声をあげるが
構わず突入する　顔を背け
眉間に皺を寄せ軀を捩りながら　女子高生は
コンコースを貫いて横たわる箱船を見る
三万年前と現代《いま》を繋ぐドアーが開く
どっと勢いよく吐き出される汚物
止めようのない一方通行の洪水
過去の生きものに現在の生きものが混ざった
流れに拉致されて　スカートの襞が
もみくちゃになった女子高生は
頰を紅潮させ　否応もなく
連綿と続く生きものの一コマに嵌められた
日本列島へ渡って来たという
白保人の末裔と同じ箱船に乗せられて
乗って　すうーっとドアーが閉まる

＊白保人…三万年前の台湾から日本へ渡って来た人類

生きもの――習性――

すぐひらきたがる
いやどうしても開いてしまう
留め金が効かなくなったのか
閉じたと思ってもひらいていいて
押さえてもすぐに開いてしまって
じーっと上を見ては
雲が来るのを待っている
白い雲の晴れた日には
背筋を伸ばして気を張って
空の顔色を窺い
代わるがわるやってくる雲の
色と形と流れに　一喜一憂して
情の厚い雲の望みどおりの雨が降れば
雫を垂らし喜びの声を発して
雲が流れて風が吹けば
まともに受けて飛ばされる
雲は魔物　諸刃の剣だ
黒雲が去っていった後には
軀が傷んで綻びが残り
何度もなんども繰り返されると
だんだんと綻びは大きくなって
苦痛になって　それでも言えず
ことわらずに笑顔で応じているうちに
擦り切れてぼろぼろの軀になり
きれぎれのこころになり
その中でも　骨は骨だけは
ぴんと伸びて放射状にひらき
いつのまにか消えてしまった夢を
裸で裸になって……笑って客を待つ

生きもの——狩——

陽が傾いて　風が血の匂いを運んできた
立髪を靡かせた男の見定めた目に
羽根に傷を負って血を流す鶏が映っていた
鶏には血の赤に興奮してそこを執拗に突く習性がある
墨で黒く塗ってあるのだが
他の鶏の標的になって傷口が大きく拡がっていた
男にじりじりと追い囲まれた鶏は甲高く啼いて
必死の形相をして逃げ回ったが　土埃の中で捕まった
丸い目がさらに丸くなって　首をぽきっと折られて
逆さまにぶら下げられた　血がたらたらと滴り落ち
庭畑の黒い土がそれを貪欲に吸い込んでいる
他の鶏は遠巻きにして　落ち着かない声で鳴いている
羽を毟るのは子供の仕事だ　当たり前のように
根気よく抜いて　やがて首のない丸裸の鶏が出来上がった

女が内蔵を取り出して選別をし　骨に付いた肉を剝がして
ぐたぐたと沸騰する大きな鍋の中に　つぎつぎと
放りこんでいった　最後に野菜を山のように盛って
醬油と砂糖を入れて蓋をした　周りに
皆集まってきた　醬油のいい匂いがしてくるなか
茶碗と箸を持って　顔を突き出して待っている
その真ん中に座っていた男が
蓋をとってかき混ぜ　味見をして頷いた
皆が一斉に箸を入れ食べ始めた
がつがつと　ほつほつと　そこに無駄口の
入り込む余地はなかった　ほっぺたが赤く膨らんで
顔という顔の皺がのびた　しばらくして
真ん中にいた男が　百獣の王のように
西日に目を細め静かに箸を置いた

生きもの――言葉――

草原の大地に小象が倒れている
動かない　いや動けないのだろう
縋るような細い目は
うっすらと涙を浮かべている
時に　鼻の先と耳が力なく動く　周りで
母親らしき象がうろうろして
鼻で小象の軀を起こそうと
何度も試みる　その隣で
父親らしき象が立ち竦む
母象は鼻で水を持ってきて
小象の口のところへかけた　が
口は閉じたまま　目も閉じていた
母象はウオーという声を発した
大地に響く　それは
苦悩を根源に持つという
言葉なのか
象の群れが動き始めた
ゆっくりと　だが確実に離れてゆく
母象はもう一度小象をつついた
ぴくりともしなかった
母象は群れの後を追った
そして…後ろを振り向き
鎖を振り切るように頭を揺らした
小象はもう石になったように動かない

生きもの――蚯蚓――

ぐったりと
灼けた地に横たわる
縞模様は霞んで半ば干乾びて
目も顔も　ずんぐりとした胴体も
空一杯に白んだ夏の陽と地に澱んだ熱に

くの字に押さえ込まれて
もう動かない　いや動けないのだ
いつのまにか
どこからともなくやってきた蟻に
寄って抓られ　たかって引っぱられて
ほじくりまわされている
ここまで生きてきた数々の罪を
天下に曝されて
頭を起こそうとあがく　が
もう立たない　いや立てない
蟬が雲に向かって声明のように
啼き始めた　軀の色が褪せてゆき
生きものの持つ刻《とき》が空に還り始めた
黒い夏の行進だ
蟻に顎で刺され　引きずられて
ずるずる　ずるずると
熱をもつ小石の中を
朽ちた葉を除けながら進む

ときどき現れてはうすれてゆく
赤い記憶を路にそぎ落として
続く三億年の葬列
軀はかたい棒になって
小高い砂山の真ん中に開けられた
地の中に還される

生きもの ——蝸牛《かたつむり》——

ぐしゃっという音がした
わたしの足の下で
わたしの軀の真ん中で
わたしの頭の奥で
つぶれたものがある
つぶしたものがある
鈍い音とともに
はみ出た内臓は

やわらかすぎて白すぎて
ぺちゃんこになって
ひとつのいのちが
ぽっと灯ったよう
九月の朝の空の一角で
赤紫にたなびく雲が
いっさいを俯瞰している
一筋のぬめりの先にある
生きものの
背負っていた螺旋の残骸は
憎しみもなく
わたしが破壊したもの
生きるものの輪郭のすべてを
奪ってしまった
その感触と音が
無明のわたしに
どんよりと覆いかぶさり
死を　いや生を問うて
いつまでも離れない

生きもの——運命の車輪*——

すがた形はまだ不完全
初潮もまだきていないのに
水揚げされて鱗を鷲摑みにされ
否応もなく箱の中に詰められた
大勢の人の目に晒されて
嗄れた声の競りにかけられる
仲間はつぎつぎといなくなるが
そのまま残されて
それでも陽はたんたんと昇り
水は無表情に流れ落ちて
膚は干乾びてゆく
その様子を猫がじーっと見ている
鴉が空を旋回している

モウイイ　モウイイカラ
ハヤクアナタノ箸デ
ワタシヲ開イテクダサイ
朽チテ猫ヤ鴉ニ食ベラレルヨリ
アナタニ食ベラレタイノデス

赤くなった目は叫んでいた
しかしごっつい大きな手によって
宙に放られてしまったのだ
神に見放されたように
堅い地面にべちゃっと落ちて
車輪に潰された

＊中世時禱書より

生きもの——ふらここ*の鎖——

いびつな鎖に
ぎーぎーぎーと乗っていた
二本の鎖はつめたかった
一生懸命こいでも
自分ではどうにもできない
肩にかぶさる風景
あすに進んだりきのうに退いたり
いじわるい鎖は
このゆきかえりをおもしろがり
もっともっととはしゃぎ
からから
たそがれの空のしたで
くすぶる息を立ち上らせて
膝をまげ　腰にはずみをつけて
足を突きあげる　なんども

なんどもたかく　すこしでも
夕焼けをつかもうと
二本の鎖のえがく円にそって
だが…とどかない
限界を内蔵している鎖は
ただぎしぎしと口をとがらすだけだ
目をつぶって
鎖を持つ手をはなした
軀は
ふらここからふわっと浮いた
利那
時空がゆがみ
地の底に落ちた
どしんと大きな音を響かせて

＊ぶらんこ

生きもの――四万年前のボタンの掛け違い――

五歳の子は何を思ったのか
玄関の土間に
おとうさんのサンダルをおき
おかあさんの履きものをおき
おじいさんとおばあさんの草履をおき
おとうとの靴をおいて
まるくぐるっと並べました
自分のちいさな白い靴をそのまん中において
そしてその上にちょうど全部がおさまるように
おおきな傘をひろげました
それらを守るようにぴんとはって

風の強いある日のこと
突然玄関が開いて　傘は
簡単に飛ばされてしまいました

招かれざる客が来たのです
思い出したように
野獣が目をさましたように
わが家にやってきたのです
四万年前の手違いで
掛け違いのボタンの服を着たその人は
ずれた黒いボタンを投げました
白い靴はオセロのゲームのように
ひっくり返されてしまいました
この世界から裏側の世界へと
こころが消えてしまったのです
おとうさんも　おかあさんも
この四万年前からの客から
五歳の子の白い靴を
守ることができなかったのです

生きもの——チョコレートとピーマンとチューインガム——

陽ちゃん
きょうはチョコレートの日だよ
ココア色の雪が降ってきて
埋もれた夢を見たんだ
甘くてあまくて
こころがとろけて体もふやけて
チョコレートになってしまったよ
うれしかったよ
きのうはピーマンの日だったけど
あすはなんの日だろうね
あさってはたぶんチューインガムの日だよ
噛んでもかんでも
いつまでたってもなんにもなれず
味がなくなって
またどうやら

ピーマンに戻りそうだよ
見かけは鮮やかな緑と赤だけど
中は空《から》っぽで殻は堅くて…

陽ちゃんはきょうも
空にいるんだね

生きもの――季節のおわり――

(1) ションベン

樹皮に肢をたてて
腹面をふるわせて鳴いていた
そのすぐよこに
蜻蛉がぴたっと
空中にとまり
音もなくすっと上に下にと

季節の位置をずらす
蟬は複眼をそむけるが
もう……
金しばりにあったように
うごけない
うごかないからだが
しぼりだすように
生をちょろっともらす

(2) 穴

いつのまにか
陽はひくくかたむいていた
蟻の穴はだんだんとうまり
そして
ついにとじてしまった
もうなにもとおさなく

うるおうことも
砂の塔をたたせることも
…ない
かつてのなんどもなんども
汗をかいて　汗をかかせて
ゆききした穴
そっと棒でつついてみた

生きもの——晩秋——

だいちに
すいよせられるのか
かおがふれるほどに
こしがまがって
ころぶまえに
かろうじてあしをだす
そのかずだけ

しわにうもれ
みみはとおく　とおい
みぎとひだりにわかれ
くちはどこだかわからないぐらい
しわがかぶさる
もうなんにちもなんにちも
ひらくのをわすれて
かおへとどいたひかりも
めじりにすいこまれ
しらずしらずのうちに
おもいはおくへおくへと
しずみこんで　そらの
みなもとからやってくる
きたかぜのあしおとに
もうむこうへゆきたいと
かんぱんにまみれたひふの
ほねがごつごつしたてをのばし
おそるおそる

ときのいたみをもった
いしをやさしくなでる
すわりこんだすがたに
ふゆがよりそって
うらがえすと
もうつちのよう

生きもの——火葬許可書——

それでいいのです　赤と青の炎が
すべてを終らせるのですから　めらめらと
わたしを燃やすのです　病弊の
軀に満ちた苦悩と怒りを　きれいさっぱりと
その紙が燃やしてくれるのです
生きものとしての存在と　わたしを苦しませた
不条理　そしてちょっぴりあったほろ苦い幸せ
一筋の煙に乗って　空へ昇って行くのでしょう

こことそんなに深いところで交わったわけではない
ご苦労様でしたという声は　あるかないかは
分かりませんが　それでも乾いた言葉で
印刷された一枚の許可書を貰えるのです
一つのものがあったという証しなのでしょう
ここを愛していたのか　ここに
愛されていたかどうかは分かりません
気がついたらこの世界にいたのです
この家にこの路に　何しに来たのだろうと
思っていたときもありました
自分が自分であることに　あなたでないことに
不思議に思ったこともありました
だれに連れて来られたのか　この軀に
この軀のあちこちにわたしがいたのです
AとT　CとGの織りなすラセン《DNA》によって
何十億年と続いている生きもの
これからもしぶとく残っていくであろう
その一端にわたしがいたのです　その役割を

果たしたかどうかは分かりません　いや
そんなことはもうどうでもいいのです
わたしも　わたしを造ったラセンも
これでやっと終るのです　一枚の火葬許可書が
最後に渡されて　それでいいのです

＊A…アデニン　T…チミン
C…シトシン　G…グアニン
いづれもDNA（核酸）を構成する塩基

生きもの——誕生屋——

あるダニは交尾を終えると木に登り
枝にぶら下がって下に動物が通るのをじっと待つ
何か月も　時には何年も
そして下に動物が通ると落ちて
その動物にくっつき血を吸って卵をうむ
そして死ぬ

＊「生物から見た世界」ユクスキュルより

彼はなくなった父の手鏡で
まいにちまいにち髭をそった
ぞりぞりっと顔をけずり
だんだんと父の顔になっていった

ある日　彼は
座布団をひとつ
生まれた家の奥の間においた
そのうえにひとつの席
ひとつの空間ができた
するとそこに
見え姿が息をし始めた

それからの彼は何年も　何年も
家の梁に棲みつく亡霊に
支配されたように
血と時間を吸われた

そして彼は脇目もふらず
釣りのとき　浮子だけをみつめるように
子供を育てると
微笑んで死んでいった

生きもの——家系図——

秋の陽の影が色濃く映っていた
廊下でうとうとして
そこにあった落書きの線路を辿っていたら
セピア色の駅があって
電車に男が乗っていた
——まあ一杯飲め　とわたしに
なみなみとビールを注いだ
電車の中にまた電車があって

目元の涼しい女が手招きする
庭になっていた柿を呉れた
（食べてみたら渋かったが）

駅からは枝や根のように
線路がどこまでも延びて
空には丸や四角の顔が浮かんでいる

地面から電車が現れた
にょきにょきと芽を出すように
扉が開いて

考える余地もなく
その電車にわたしは乗せられた
いや正確に言えば
その電車に乗った人がわたしになったのだ
ぼってりと灯りをつけて
落書きの線路の上を走る

電車といってもただの箱で
ごとんごとんと走っている
柿の木の周りをぐるぐるぐるぐると
二重のらせんをまいてゆっくりと
わたしの家の中に入っていった

生きもの（表版）――水――

やかんの中で熱せられた水は
我慢できないのか　もうもうと
上がったり下がったり　静かに
回りはじめ　耳をそばだてると
ジージー　ジジージーと
鈍い金属音を響かせて　底から
ぽっぽっと気泡を立ち上らせている
熱気が溜まり　溢れて

閉じられた世界の蓋が浮き
新しい通り道ができて
閉じたり開いたり踊りはじめる
だんだんと大きくなって速くなって
小刻みに身を震わせるやかん
口からも鼻からも白い蒸気が
天に向かって噴き上がり
届かずに落ちて滴る液体
ひっくり返る蓋
瞬時に蒸発する過去
ここに今あるのだと
確かめるようにのたうち回る軀は
ごうごご　うごううご
ごううご　と
くんずほぐれつ　足の先まで
やかんの中で煮えたぎる
何ものかに囁かれ　何ものかに
操られて狂ったように

与えられた熱のすべてを
この一瞬にかける水の
何千年何万年と続く幻影

生きもの（裏版）――幻影――

やかんの中で
眠っていた水は
熱せられて蠢きはじめ
もうもうともうもうと
上がったり下がったり
踠くうちに消え入りそうな
ジージー　ジジージーと
にぶい音を響かせて扁たく
底から泡を立ち上らせる
精の気が溜まりたまって
閉じられていた生きものの蓋が
開いたり閉じたり踊る
呪文のようなカタカタという
音の響きに乗ってのせられて
身は細かく太く震え
口からも鼻からも熱が噴いて
やかんに滴る
またたくまに蒸発する液に
魚類から両生類爬虫類哺乳類へと
つぎつぎと幻影があらわれて
ごろっと裏返しされた軀は
ごうごご　うごううご
ごううごと　幻影と甘く組つ
解れつ　背で耳元で
ささやかれ操られて
もの狂おしく　足の先まで
煮えたぎる　生きものは
もてる熱のすべてを
この一瞬にかけて

明日の汗を　いや何億年という
時を放つ

生きもの――烏賊《いか》の陰謀――

いいか
頭の三角と小さな丸い目で
あいつを翻弄し
墨を吹いて包み込むのだ
そして口の周りにある五対の腕で
うまく波に乗って
あいつの周りで踊り狂え
それからくっついて吸いついて
燃えてもえて
胴のひれであいつを抱き締めれば
ぬるぬるの筒は自在に形を変え
ぴったりと重なるだろう

そうなればあいつはわたしの虜
もう潮のままに操れる
自分の姿形が
三角と長方形で嫌ならば
槍のように泳いで
あいつの奥に突き進め
きっと始原にたどり着くだろう
そこからすべてが始まっているのだ
三角の頭であいつの丸を制して
うまく誑し込め
きっと鯛になれる

生きもの――ファッションという二重らせん――

ファッションファッションファッションファッションの中
で暮らす内に目があらわれ口があらわれ鼻が
あらわれ耳もあらわれ顔になりこれあれそれ

どれが自分の目どれが自分の口と手がふるえ足がふるえ戸惑いに乳房がふるえ蝶のように舞い上がる目に色が翔び色が沈み恐る恐る触れる手に線が立ち線がしなやかに流れるのを身の丈の鏡に映し映されて仄かに漂う甘い匂い品よく醸し出される雰囲気これらはすべて自分に蔵すものだとドレスで着飾り化粧に念を入れるあなたジーパンに気に入れられ颯爽ときびきびと行動するあなたスーツに包まれるのが好きだと身を引き締めるあなたファッション雑誌の気に入った一枚を着て自分がここにあると立つそうそのファッションがなければ今のあなたは確かにいない買い物にぶらりとカーディガンを羽織る会社で仕事で制服に囲われて閉じ込められる家ではどうにも止まらないスナック菓子を頬張りルームウェアーに潜り込むその服はファッションとは程遠いファッションでもこの時代の底に漂う香とほそいひかり囲まれて住めばどっぷりと草花は空気を変え逆らっても胸に入り込む短パンを穿けば穿く内に短パンの顔にほら見えるでしょうファッションがあなたを支配して道を歩いて行くのがファッションはあなたを借りてあなたを俳優にして幾多の時代を通ってきたのです木は延びて枝は分かれ強い風に形は変わり今のファッションはその木の先端のみどり葉あなたは一番上に立って陽を浴び風を受けて走っているのです頭の中の雑誌でもいいめくっていきページがなくなったときあなたは昨日の服を着るでしょう調教されたあなたらしさがそこに宿っているからでも私はファッションに頼んで新しい私のところに連れていってもらうファッションはにっこりと微笑んで二重になっているらせんを解き私を導き入れるでしょうそしてらせんに付いた私は風にぷっと吹かれるとシャボン玉のような妖

しげなひかりを帯びてふわふわと頭を越えて
屋根を越えて翔んでいくのです

生きもの——Sの空間——

Sという字の中の
二つの空間は
らせん状の線によって区別されているようでもあり
らせん状の線によってひとつに包まれているようでも
　あり
らせん状の線によって繋がっているようでもあって

携帯電話のようにモシモシと
こっちとあっちを繋ぐ線（電磁波）は
こっちとあっちが違うことを示す線でもあり
こっちとあっちが細い糸で結ばれて
一対一に対応していることを示すfのようでもある

DNAと
DNAによってつくられた生きものの関係
電話線で繋がったこっちとあっちのようでもあり
Sという字の中の二つの空間のようでもあって

DNAは
神にもなり
悪魔にもなる
二つの顔（空間）を持った
Sという字に似ている

＊f…ファンクション（関数）

〔映画詩〕

生きもの——酒——

さあ　お前ももう一人前だ
一杯いこう　それそれ
そんな呑み方をしたら咽るぞ
いいか　耳をほじくってよく聞けよ
ほら　鼻はほじくらなくてもいいから
酒の心の呑み方を教えてやろう
まず細い目で酒を見る
香りを嗅ぐ　匂いが鼻の芯に
じーんと沁みたころ
おもむろに盃をとり　一口呑む
さあ酒の心が入っていきますよと
五臓六腑に知らせてやる
そこでそこに出ているつき出しを
舌の上にちょこっと載せる

これで味がぐんとよくなる
それから　ちびりちびりと
酒の心を呑んでゆくんだ
軀の奥へ奥へと心が通ってゆく
快さがゆきわたる　ここで
詩歌のひとつでも発するとお洒落
酔いが酔いを誘い　熱さを誘う
顔がだんだんと赤くなる
それは　酒の心が人の醜さを丸めて
染めてゆくからだ　人には
けしてきれいとは言えない醜さがある
だから赤くなる　でもなあ
それでいいのだ　自分を醜いと知った
生きものは　もうけして醜くはないという
酒は最高の友だ　最高の女だ
酒の心のおいしさを覚えたら　男は
なんと幸せなことか　いやつらいことか

＊寅さんシリーズ「男はつらいよ　ぼくの伯父さん」より

生きもの——鈴——

ドアーについている　その
鈴をチリリーンと鳴らしてね
色んな人が入ってくるの　そいで
またチリリーンと鳴らして　出てゆくの
おじいさんから子どもまで色んな男たち
おばさんのわたしがね散髪した人　でもね
みんな行ってしまうの　みんなよ
…もう五年ほど前かな　中年の男の人が
その鈴を鳴らしてね　そこんとこへ黙って
座ったんよ　わたしも黙ってその人の髪の毛
切っていたんよ　そのときその人
なんと言ったと思う
おれと一緒に暮らさんか　って
なんと応えたらいいか……
分からんかったから　黙っていたんよ

その人の顔に剃刀を当てて…そっと
触れているうちに胸がざわついてくるのよ
それからその人
気にすんなよ　そう言って
チリリーンと鈴を鳴らしてさ
出ていってしまったけど
それっきりよ　でもね
またその男の人がよ　その鈴を
チリリーンと鳴らして
そこに座って　同じことを言ったら…
一緒に暮らしてもいいかな　と
おかしいやろ泉ちゃん　でも
そうしたいと思っている
もうひとりのわたしが軀の中にいるんよ

＊寅さんシリーズ「男はつらいよ　寅次郎の青春」より

人人　人人
人人　人人
人　人
人　人
人　人
人　人
人　人
人　人
人　人
人　人
人　人
人　人
人　人
人　人
箱

カ　レ　ン　ダ　ー
（月　暦）

生きもの

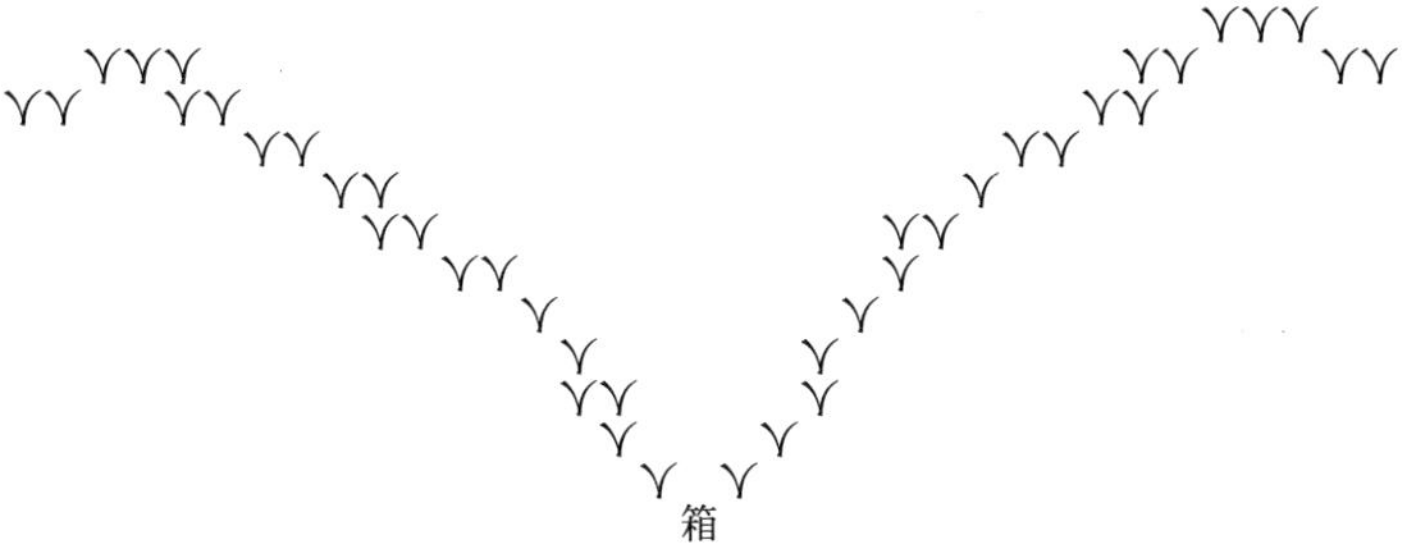

風風風風風風風風風風風風風風風風風風風風風風風風風
風風風風風風風風風風風風風風風風風風風風風風風風風
風風　　　　　　　　　　　　　　　　　　　　　風風
風風　風風風風風風風風風風風風風風風風風風風　風風
風風　風風風風風風風風風風風風風風風風風風風　風風
風風　風風　　　　　　　　　　　　　　　風風　風風
風風　風風　風風風風風風風風風風風風風　風風　風風
風風　風風　風風風風風風風風風風風風風　風風　風風
風風　風風　風風　　　　　　　　　風風　風風　風風
風風　風風　風風　風風風風風風風　風風　風風　風風
風風　風風　風風　風風風風風風風　風風　風風　風風
風風　風風　風風　風風　　　風風　風風　風風　風風
風風　風風　風風　風風　人　風風　風風　風風　風風
風風　風風　風風　風風　　　風風　風風　風風　風風
風風　風風　風風　風風風風風風風　風風　風風　風風
風風　風風　風風　風風風風風風風　風風　風風　風風
風風　風風　風風　　　　　　　　　風風　風風　風風
風風　風風　風風風風風風風風風風風風風　風風　風風
風風　風風　風風風風風風風風風風風風風　風風　風風
風風　風風　　　　　　　　　　　　　　　風風　風風
風風　風風風風風風風風風風風風風風風風風風風　風風
風風　風風風風風風風風風風風風風風風風風風風　風風
風風　　　　　　　　　　　　　　　　　　　　　風風
風風風風風風風風風風風風風風風風風風風風風風風風風
風風風風風風風風風風風風風風風風風風風風風風風風風

一　月

人人人人人人人人人人人人人人人人人人人人人人人人人
人人人人人人人人人人人人人人人人人人人人人人人人人
人人　　　　　　　　　　　　　　　　　　　　　人人
人人　人人人人人人人人人人人人人人人人人人人　人人
人人　人人人人人人人人人人人人人人人人人人人　人人
人人　人人　　　　　　　　　　　　　　　人人　人人
人人　人人　人人人人人人人人人人人人人　人人　人人
人人　人人　人人人人人人人人人人人人人　人人　人人
人人　人人　人人　　　　　　　　　人人　人人　人人
人人　人人　人人　人人人人人人人　人人　人人　人人
人人　人人　人人　人人人人人人人　人人　人人　人人
人人　人人　人人　人人　　　人人　人人　人人　人人
人人　人人　人人　人人　風　人人　人人　人人　人人
人人　人人　人人　人人　　　人人　人人　人人　人人
人人　人人　人人　人人人人人人人　人人　人人　人人
人人　人人　人人　人人人人人人人　人人　人人　人人
人人　人人　人人　　　　　　　　　人人　人人　人人
人人　人人　人人人人人人人人人人人人人　人人　人人
人人　人人　人人人人人人人人人人人人人　人人　人人
人人　人人　　　　　　　　　　　　　　　人人　人人
人人　人人人人人人人人人人人人人人人人人人人　人人
人人　人人人人人人人人人人人人人人人人人人人　人人
人人　　　　　　　　　　　　　　　　　　　　　人人
人人人人人人人人人人人人人人人人人人人人人人人人人
人人人人人人人人人人人人人人人人人人人人人人人人人

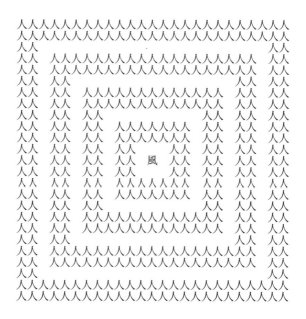

虫虫虫虫虫虫虫虫虫虫虫虫虫虫虫虫虫虫虫虫虫虫虫虫虫
虫虫虫虫虫虫虫虫虫虫虫虫虫虫虫虫虫虫虫虫虫虫虫虫虫
虫虫　　　　　　　　　　　　　　　　　　　　　虫虫
虫虫　虫虫虫虫虫虫虫虫虫虫虫虫虫虫虫虫虫虫虫　虫虫
虫虫　虫虫虫虫虫虫虫虫虫虫虫虫虫虫虫虫虫虫虫　虫虫
虫虫　虫虫　　　　　　　　　　　　　　　虫虫　虫虫
虫虫　虫虫　虫虫虫虫虫虫虫虫虫虫虫虫虫　虫虫　虫虫
虫虫　虫虫　虫虫虫虫虫虫虫虫虫虫虫虫虫　虫虫　虫虫
虫虫　虫虫　虫虫　　　　　　　　　虫虫　虫虫　虫虫
虫虫　虫虫　虫虫　虫虫虫虫虫虫虫　虫虫　虫虫　虫虫
虫虫　虫虫　虫虫　虫虫虫虫虫虫虫　虫虫　虫虫　虫虫
虫虫　虫虫　虫虫　虫虫　　　虫虫　虫虫　虫虫　虫虫
虫虫　虫虫　虫虫　虫虫　人　虫虫　虫虫　虫虫　虫虫
虫虫　虫虫　虫虫　虫虫　　　虫虫　虫虫　虫虫　虫虫
虫虫　虫虫　虫虫　虫虫虫虫虫虫虫　虫虫　虫虫　虫虫
虫虫　虫虫　虫虫　虫虫虫虫虫虫虫　虫虫　虫虫　虫虫
虫虫　虫虫　虫虫　　　　　　　　　虫虫　虫虫　虫虫
虫虫　虫虫　虫虫虫虫虫虫虫虫虫虫虫虫虫　虫虫　虫虫
虫虫　虫虫　虫虫虫虫虫虫虫虫虫虫虫虫虫　虫虫　虫虫
虫虫　虫虫　　　　　　　　　　　　　　　虫虫　虫虫
虫虫　虫虫虫虫虫虫虫虫虫虫虫虫虫虫虫虫虫虫虫　虫虫
虫虫　虫虫虫虫虫虫虫虫虫虫虫虫虫虫虫虫虫虫虫　虫虫
虫虫　　　　　　　　　　　　　　　　　　　　　虫虫
虫虫虫虫虫虫虫虫虫虫虫虫虫虫虫虫虫虫虫虫虫虫虫虫虫
虫虫虫虫虫虫虫虫虫虫虫虫虫虫虫虫虫虫虫虫虫虫虫虫虫

二　月

人人人人人人人人人人人人人人人人人人人人人人人人人
人人人人人人人人人人人人人人人人人人人人人人人人人
人人　　　　　　　　　　　　　　　　　　　　　人人
人人　人人人人人人人人人人人人人人人人人人人　人人
人人　人人人人人人人人人人人人人人人人人人人　人人
人人　人人　　　　　　　　　　　　　　　人人　人人
人人　人人　人人人人人人人人人人人人人　人人　人人
人人　人人　人人人人人人人人人人人人人　人人　人人
人人　人人　人人　　　　　　　　　人人　人人　人人
人人　人人　人人　人人人人人人人　人人　人人　人人
人人　人人　人人　人人人人人人人　人人　人人　人人
人人　人人　人人　人人　　　人人　人人　人人　人人
人人　人人　人人　人人　虫　人人　人人　人人　人人
人人　人人　人人　人人　　　人人　人人　人人　人人
人人　人人　人人　人人人人人人人　人人　人人　人人
人人　人人　人人　人人人人人人人　人人　人人　人人
人人　人人　人人　　　　　　　　　人人　人人　人人
人人　人人　人人人人人人人人人人人人人　人人　人人
人人　人人　人人人人人人人人人人人人人　人人　人人
人人　人人　　　　　　　　　　　　　　　人人　人人
人人　人人人人人人人人人人人人人人人人人人人　人人
人人　人人人人人人人人人人人人人人人人人人人　人人
人人　　　　　　　　　　　　　　　　　　　　　人人
人人人人人人人人人人人人人人人人人人人人人人人人人
人人人人人人人人人人人人人人人人人人人人人人人人人

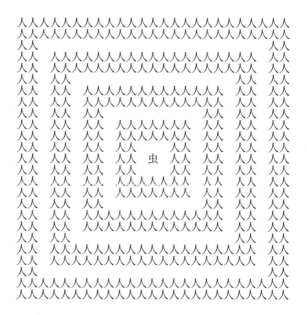

人人人人人人人人人人人人人人人人人人人人人人人人人
人人人人人人人人人人人人人人人人人人人人人人人人人
人人　　　　　　　　　　　　　　　　　　　　　人人
人人　人人人人人人人人人人人人人人人人人人人　人人
人人　人人人人人人人人人人人人人人人人人人人　人人
人人　人人　　　　　　　　　　　　　　　人人　人人
人人　人人　人人人人人人人人人人人人人　人人　人人
人人　人人　人人人人人人人人人人人人人　人人　人人
人人　人人　人人　　　　　　　　　人人　人人　人人
人人　人人　人人　人人人人人人人　人人　人人　人人
人人　人人　人人　人人人人人人人　人人　人人　人人
人人　人人　人人　人人　　　人人　人人　人人　人人
人人　人人　人人　人人　火　人人　人人　人人　人人
人人　人人　人人　人人　　　人人　人人　人人　人人
人人　人人　人人　人人人人人人人　人人　人人　人人
人人　人人　人人　人人人人人人人　人人　人人　人人
人人　人人　人人　　　　　　　　　人人　人人　人人
人人　人人　人人人人人人人人人人人人人　人人　人人
人人　人人　人人人人人人人人人人人人人　人人　人人
人人　人人　　　　　　　　　　　　　　　人人　人人
人人　人人人人人人人人人人人人人人人人人人人　人人
人人　人人人人人人人人人人人人人人人人人人人　人人
人人　　　　　　　　　　　　　　　　　　　　　人人
人人人人人人人人人人人人人人人人人人人人人人人人人
人人人人人人人人人人人人人人人人人人人人人人人人人

三　月

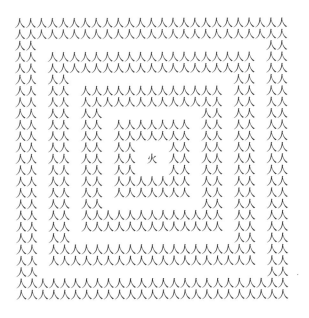

火火火火火火火火火火火火火火火火火火火火火火火火火
火火火火火火火火火火火火火火火火火火火火火火火火火
火火　　　　　　　　　　　　　　　　　　　　　火火
火火　火火火火火火火火火火火火火火火火火火火　火火
火火　火火火火火火火火火火火火火火火火火火火　火火
火火　火火　　　　　　　　　　　　　　　火火　火火
火火　火火　火火火火火火火火火火火火火　火火　火火
火火　火火　火火火火火火火火火火火火火　火火　火火
火火　火火　火火　　　　　　　　　火火　火火　火火
火火　火火　火火　火火火火火火火　火火　火火　火火
火火　火火　火火　火火火火火火火　火火　火火　火火
火火　火火　火火　火火　　　火火　火火　火火　火火
火火　火火　火火　火火　人　火火　火火　火火　火火
火火　火火　火火　火火　　　火火　火火　火火　火火
火火　火火　火火　火火火火火火火　火火　火火　火火
火火　火火　火火　火火火火火火火　火火　火火　火火
火火　火火　火火　　　　　　　　　火火　火火　火火
火火　火火　火火火火火火火火火火火火火　火火　火火
火火　火火　火火火火火火火火火火火火火　火火　火火
火火　火火　　　　　　　　　　　　　　　火火　火火
火火　火火火火火火火火火火火火火火火火火火火　火火
火火　火火火火火火火火火火火火火火火火火火火　火火
火火　　　　　　　　　　　　　　　　　　　　　火火
火火火火火火火火火火火火火火火火火火火火火火火火火
火火火火火火火火火火火火火火火火火火火火火火火火火

人人人人人人人人人人人人人人人人人人人人人人人人人
人人人人人人人人人人人人人人人人人人人人人人人人人
人人　　　　　　　　　　　　　　　　　　　　　人人
人人　人人人人人人人人人人人人人人人人人人人　人人
人人　人人人人人人人人人人人人人人人人人人人　人人
人人　人人　　　　　　　　　　　　　　　人人　人人
人人　人人　人人人人人人人人人人人人人　人人　人人
人人　人人　人人人人人人人人人人人人人　人人　人人
人人　人人　人人　　　　　　　　　人人　人人　人人
人人　人人　人人　人人人人人人人　人人　人人　人人
人人　人人　人人　人人人人人人人　人人　人人　人人
人人　人人　人人　人人　　　人人　人人　人人　人人
人人　人人　人人　人人　音　人人　人人　人人　人人
人人　人人　人人　人人　　　人人　人人　人人　人人
人人　人人　人人　人人人人人人人　人人　人人　人人
人人　人人　人人　人人人人人人人　人人　人人　人人
人人　人人　人人　　　　　　　　　人人　人人　人人
人人　人人　人人人人人人人人人人人人人　人人　人人
人人　人人　人人人人人人人人人人人人人　人人　人人
人人　人人　　　　　　　　　　　　　　　人人　人人
人人　人人人人人人人人人人人人人人人人人人人　人人
人人　人人人人人人人人人人人人人人人人人人人　人人
人人　　　　　　　　　　　　　　　　　　　　　人人
人人人人人人人人人人人人人人人人人人人人人人人人人
人人人人人人人人人人人人人人人人人人人人人人人人人

四　月

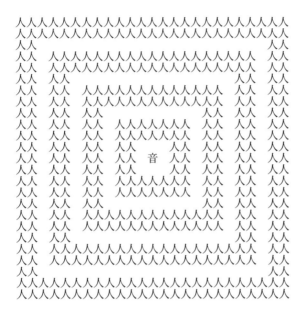

音音音音音音音音音音音音音音音音音音音音音音音音音
音音音音音音音音音音音音音音音音音音音音音音音音音
音音　　　　　　　　　　　　　　　　　　　　　音音
音音　音音音音音音音音音音音音音音音音音音音　音音
音音　音音音音音音音音音音音音音音音音音音音　音音
音音　音音　　　　　　　　　　　　　　　音音　音音
音音　音音　音音音音音音音音音音音音音　音音　音音
音音　音音　音音音音音音音音音音音音音　音音　音音
音音　音音　音音　　　　　　　　　音音　音音　音音
音音　音音　音音　音音音音音音音　音音　音音　音音
音音　音音　音音　音音音音音音音　音音　音音　音音
音音　音音　音音　音音　　　音音　音音　音音　音音
音音　音音　音音　音音　人　音音　音音　音音　音音
音音　音音　音音　音音　　　音音　音音　音音　音音
音音　音音　音音　音音音音音音音　音音　音音　音音
音音　音音　音音　音音音音音音音　音音　音音　音音
音音　音音　音音　　　　　　　　　音音　音音　音音
音音　音音　音音音音音音音音音音音音音　音音　音音
音音　音音　音音音音音音音音音音音音音　音音　音音
音音　音音　　　　　　　　　　　　　　　音音　音音
音音　音音音音音音音音音音音音音音音音音音音　音音
音音　音音音音音音音音音音音音音音音音音音音　音音
音音　　　　　　　　　　　　　　　　　　　　　音音
音音音音音音音音音音音音音音音音音音音音音音音音音
音音音音音音音音音音音音音音音音音音音音音音音音音

草草草草草草草草草草草草草草草草草草草草草草草草草
草草草草草草草草草草草草草草草草草草草草草草草草草
草草　　　　　　　　　　　　　　　　　　　　　草草
草草　草草草草草草草草草草草草草草草草草草草　草草
草草　草草草草草草草草草草草草草草草草草草草　草草
草草　草草　　　　　　　　　　　　　　　草草　草草
草草　草草　草草草草草草草草草草草草草　草草　草草
草草　草草　草草草草草草草草草草草草草　草草　草草
草草　草草　草草　　　　　　　　　草草　草草　草草
草草　草草　草草　草草草草草草草　草草　草草　草草
草草　草草　草草　草草草草草草草　草草　草草　草草
草草　草草　草草　草草　　　草草　草草　草草　草草
草草　草草　草草　草草　人　草草　草草　草草　草草
草草　草草　草草　草草　　　草草　草草　草草　草草
草草　草草　草草　草草草草草草草　草草　草草　草草
草草　草草　草草　草草草草草草草　草草　草草　草草
草草　草草　草草　　　　　　　　　草草　草草　草草
草草　草草　草草草草草草草草草草草草草　草草　草草
草草　草草　草草草草草草草草草草草草草　草草　草草
草草　草草　　　　　　　　　　　　　　　草草　草草
草草　草草草草草草草草草草草草草草草草草草草　草草
草草　草草草草草草草草草草草草草草草草草草草　草草
草草　　　　　　　　　　　　　　　　　　　　　草草
草草草草草草草草草草草草草草草草草草草草草草草草草
草草草草草草草草草草草草草草草草草草草草草草草草草

五　月

人人人人人人人人人人人人人人人人人人人人人人人人人
人人人人人人人人人人人人人人人人人人人人人人人人人
人人　　　　　　　　　　　　　　　　　　　　　人人
人人　人人人人人人人人人人人人人人人人人人人　人人
人人　人人人人人人人人人人人人人人人人人人人　人人
人人　人人　　　　　　　　　　　　　　　人人　人人
人人　人人　人人人人人人人人人人人人人　人人　人人
人人　人人　人人人人人人人人人人人人人　人人　人人
人人　人人　人人　　　　　　　　　人人　人人　人人
人人　人人　人人　人人人人人人人　人人　人人　人人
人人　人人　人人　人人人人人人人　人人　人人　人人
人人　人人　人人　人人　　　人人　人人　人人　人人
人人　人人　人人　人人　草　人人　人人　人人　人人
人人　人人　人人　人人　　　人人　人人　人人　人人
人人　人人　人人　人人人人人人人　人人　人人　人人
人人　人人　人人　人人人人人人人　人人　人人　人人
人人　人人　人人　　　　　　　　　人人　人人　人人
人人　人人　人人人人人人人人人人人人人　人人　人人
人人　人人　人人人人人人人人人人人人人　人人　人人
人人　人人　　　　　　　　　　　　　　　人人　人人
人人　人人人人人人人人人人人人人人人人人人人　人人
人人　人人人人人人人人人人人人人人人人人人人　人人
人人　　　　　　　　　　　　　　　　　　　　　人人
人人人人人人人人人人人人人人人人人人人人人人人人人
人人人人人人人人人人人人人人人人人人人人人人人人人

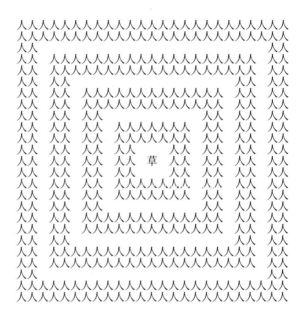

舟舟舟舟舟舟舟舟舟舟舟舟舟舟舟舟舟舟舟舟舟舟舟舟舟
舟舟舟舟舟舟舟舟舟舟舟舟舟舟舟舟舟舟舟舟舟舟舟舟舟
舟舟　　　　　　　　　　　　　　　　　　　　　舟舟
舟舟　舟舟舟舟舟舟舟舟舟舟舟舟舟舟舟舟舟舟舟　舟舟
舟舟　舟舟舟舟舟舟舟舟舟舟舟舟舟舟舟舟舟舟舟　舟舟
舟舟　舟舟　　　　　　　　　　　　　　　舟舟　舟舟
舟舟　舟舟　舟舟舟舟舟舟舟舟舟舟舟舟舟　舟舟　舟舟
舟舟　舟舟　舟舟舟舟舟舟舟舟舟舟舟舟舟　舟舟　舟舟
舟舟　舟舟　舟舟　　　　　　　　　舟舟　舟舟　舟舟
舟舟　舟舟　舟舟　舟舟舟舟舟舟舟　舟舟　舟舟　舟舟
舟舟　舟舟　舟舟　舟舟舟舟舟舟舟　舟舟　舟舟　舟舟
舟舟　舟舟　舟舟　舟舟　　　舟舟　舟舟　舟舟　舟舟
舟舟　舟舟　舟舟　舟舟　人　舟舟　舟舟　舟舟　舟舟
舟舟　舟舟　舟舟　舟舟　　　舟舟　舟舟　舟舟　舟舟
舟舟　舟舟　舟舟　舟舟舟舟舟舟舟　舟舟　舟舟　舟舟
舟舟　舟舟　舟舟　舟舟舟舟舟舟舟　舟舟　舟舟　舟舟
舟舟　舟舟　舟舟　　　　　　　　　舟舟　舟舟　舟舟
舟舟　舟舟　舟舟舟舟舟舟舟舟舟舟舟舟舟　舟舟　舟舟
舟舟　舟舟　舟舟舟舟舟舟舟舟舟舟舟舟舟　舟舟　舟舟
舟舟　舟舟　　　　　　　　　　　　　　　舟舟　舟舟
舟舟　舟舟舟舟舟舟舟舟舟舟舟舟舟舟舟舟舟舟舟　舟舟
舟舟　舟舟舟舟舟舟舟舟舟舟舟舟舟舟舟舟舟舟舟　舟舟
舟舟　　　　　　　　　　　　　　　　　　　　　舟舟
舟舟舟舟舟舟舟舟舟舟舟舟舟舟舟舟舟舟舟舟舟舟舟舟舟
舟舟舟舟舟舟舟舟舟舟舟舟舟舟舟舟舟舟舟舟舟舟舟舟舟

六　月

人人人人人人人人人人人人人人人人人人人人人人人人人
人人人人人人人人人人人人人人人人人人人人人人人人人
人人　　　　　　　　　　　　　　　　　　　　　人人
人人　人人人人人人人人人人人人人人人人人人人　人人
人人　人人人人人人人人人人人人人人人人人人人　人人
人人　人人　　　　　　　　　　　　　　　人人　人人
人人　人人　人人人人人人人人人人人人人　人人　人人
人人　人人　人人人人人人人人人人人人人　人人　人人
人人　人人　人人　　　　　　　　　人人　人人　人人
人人　人人　人人　人人人人人人人　人人　人人　人人
人人　人人　人人　人人人人人人人　人人　人人　人人
人人　人人　人人　人人　　　人人　人人　人人　人人
人人　人人　人人　人人　舟　人人　人人　人人　人人
人人　人人　人人　人人　　　人人　人人　人人　人人
人人　人人　人人　人人人人人人人　人人　人人　人人
人人　人人　人人　人人人人人人人　人人　人人　人人
人人　人人　人人　　　　　　　　　人人　人人　人人
人人　人人　人人人人人人人人人人人人人　人人　人人
人人　人人　人人人人人人人人人人人人人　人人　人人
人人　人人　　　　　　　　　　　　　　　人人　人人
人人　人人人人人人人人人人人人人人人人人人人　人人
人人　人人人人人人人人人人人人人人人人人人人　人人
人人　　　　　　　　　　　　　　　　　　　　　人人
人人人人人人人人人人人人人人人人人人人人人人人人人
人人人人人人人人人人人人人人人人人人人人人人人人人

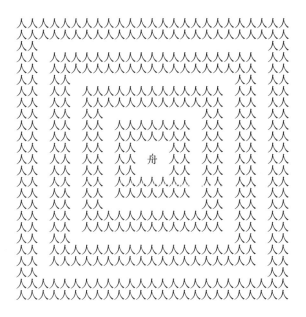

人人人人人人人人人人人人人人人人人人人人人人人人人
人人人人人人人人人人人人人人人人人人人人人人人人人
人人　　　　　　　　　　　　　　　　　　　　　人人
人人　人人人人人人人人人人人人人人人人人人人　人人
人人　人人人人人人人人人人人人人人人人人人人　人人
人人　人人　　　　　　　　　　　　　　　人人　人人
人人　人人　人人人人人人人人人人人人人　人人　人人
人人　人人　人人人人人人人人人人人人人　人人　人人
人人　人人　人人　　　　　　　　　人人　人人　人人
人人　人人　人人　人人人人人人人　人人　人人　人人
人人　人人　人人　人人人人人人人　人人　人人　人人
人人　人人　人人　人人　　　人人　人人　人人　人人
人人　人人　人人　人人　皺　人人　人人　人人　人人
人人　人人　人人　人人　　　人人　人人　人人　人人
人人　人人　人人　人人人人人人人　人人　人人　人人
人人　人人　人人　人人人人人人人　人人　人人　人人
人人　人人　人人　　　　　　　　　人人　人人　人人
人人　人人　人人人人人人人人人人人人人　人人　人人
人人　人人　人人人人人人人人人人人人人　人人　人人
人人　人人　　　　　　　　　　　　　　　人人　人人
人人　人人人人人人人人人人人人人人人人人人人　人人
人人　人人人人人人人人人人人人人人人人人人人　人人
人人　　　　　　　　　　　　　　　　　　　　　人人
人人人人人人人人人人人人人人人人人人人人人人人人人
人人人人人人人人人人人人人人人人人人人人人人人人人

七　月

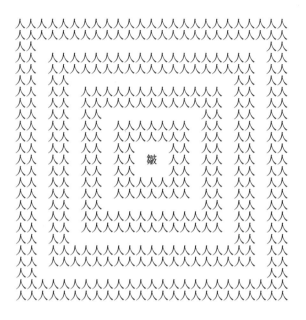

皺皺皺皺皺皺皺皺皺皺皺皺皺皺皺皺皺皺皺皺皺皺皺皺皺
皺皺皺皺皺皺皺皺皺皺皺皺皺皺皺皺皺皺皺皺皺皺皺皺皺
皺皺　　　　　　　　　　　　　　　　　　　　　皺皺
皺皺　皺皺皺皺皺皺皺皺皺皺皺皺皺皺皺皺皺皺皺　皺皺
皺皺　皺皺皺皺皺皺皺皺皺皺皺皺皺皺皺皺皺皺皺　皺皺
皺皺　皺皺　　　　　　　　　　　　　　　皺皺　皺皺
皺皺　皺皺　皺皺皺皺皺皺皺皺皺皺皺皺皺　皺皺　皺皺
皺皺　皺皺　皺皺皺皺皺皺皺皺皺皺皺皺皺　皺皺　皺皺
皺皺　皺皺　皺皺　　　　　　　　　皺皺　皺皺　皺皺
皺皺　皺皺　皺皺　皺皺皺皺皺皺皺　皺皺　皺皺　皺皺
皺皺　皺皺　皺皺　皺皺皺皺皺皺皺　皺皺　皺皺　皺皺
皺皺　皺皺　皺皺　皺皺　　　皺皺　皺皺　皺皺　皺皺
皺皺　皺皺　皺皺　皺皺　人　皺皺　皺皺　皺皺　皺皺
皺皺　皺皺　皺皺　皺皺　　　皺皺　皺皺　皺皺　皺皺
皺皺　皺皺　皺皺　皺皺皺皺皺皺皺　皺皺　皺皺　皺皺
皺皺　皺皺　皺皺　皺皺皺皺皺皺皺　皺皺　皺皺　皺皺
皺皺　皺皺　皺皺　　　　　　　　　皺皺　皺皺　皺皺
皺皺　皺皺　皺皺皺皺皺皺皺皺皺皺皺皺皺　皺皺　皺皺
皺皺　皺皺　皺皺皺皺皺皺皺皺皺皺皺皺皺　皺皺　皺皺
皺皺　皺皺　　　　　　　　　　　　　　　皺皺　皺皺
皺皺　皺皺皺皺皺皺皺皺皺皺皺皺皺皺皺皺皺皺皺　皺皺
皺皺　皺皺皺皺皺皺皺皺皺皺皺皺皺皺皺皺皺皺皺　皺皺
皺皺　　　　　　　　　　　　　　　　　　　　　皺皺
皺皺皺皺皺皺皺皺皺皺皺皺皺皺皺皺皺皺皺皺皺皺皺皺皺
皺皺皺皺皺皺皺皺皺皺皺皺皺皺皺皺皺皺皺皺皺皺皺皺皺

人人人人人人人人人人人人人人人人人人人人人人人人人
人人人人人人人人人人人人人人人人人人人人人人人人人
人人　　　　　　　　　　　　　　　　　　　　　人人
人人　人人人人人人人人人人人人人人人人人人人　人人
人人　人人人人人人人人人人人人人人人人人人人　人人
人人　人人　　　　　　　　　　　　　　　人人　人人
人人　人人　人人人人人人人人人人人人人　人人　人人
人人　人人　人人人人人人人人人人人人人　人人　人人
人人　人人　人人　　　　　　　　　人人　人人　人人
人人　人人　人人　人人人人人人人　人人　人人　人人
人人　人人　人人　人人人人人人人　人人　人人　人人
人人　人人　人人　人人　　　人人　人人　人人　人人
人人　人人　人人　人人　箱　人人　人人　人人　人人
人人　人人　人人　人人　　　人人　人人　人人　人人
人人　人人　人人　人人人人人人人　人人　人人　人人
人人　人人　人人　人人人人人人人　人人　人人　人人
人人　人人　人人　　　　　　　　　人人　人人　人人
人人　人人　人人人人人人人人人人人人人　人人　人人
人人　人人　人人人人人人人人人人人人人　人人　人人
人人　人人　　　　　　　　　　　　　　　人人　人人
人人　人人人人人人人人人人人人人人人人人人人　人人
人人　人人人人人人人人人人人人人人人人人人人　人人
人人　　　　　　　　　　　　　　　　　　　　　人人
人人人人人人人人人人人人人人人人人人人人人人人人人
人人人人人人人人人人人人人人人人人人人人人人人人人

八　月

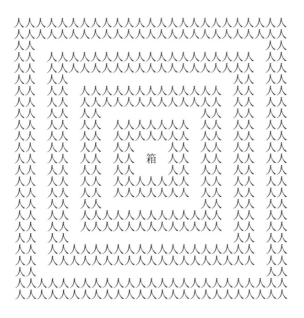

箱箱箱箱箱箱箱箱箱箱箱箱箱箱箱箱箱箱箱箱箱箱箱箱箱
箱箱箱箱箱箱箱箱箱箱箱箱箱箱箱箱箱箱箱箱箱箱箱箱箱
箱箱　　　　　　　　　　　　　　　　　　　　　箱箱
箱箱　箱箱箱箱箱箱箱箱箱箱箱箱箱箱箱箱箱箱箱　箱箱
箱箱　箱箱箱箱箱箱箱箱箱箱箱箱箱箱箱箱箱箱箱　箱箱
箱箱　箱箱　　　　　　　　　　　　　　　箱箱　箱箱
箱箱　箱箱　箱箱箱箱箱箱箱箱箱箱箱箱箱　箱箱　箱箱
箱箱　箱箱　箱箱箱箱箱箱箱箱箱箱箱箱箱　箱箱　箱箱
箱箱　箱箱　箱箱　　　　　　　　　箱箱　箱箱　箱箱
箱箱　箱箱　箱箱　箱箱箱箱箱箱箱　箱箱　箱箱　箱箱
箱箱　箱箱　箱箱　箱箱箱箱箱箱箱　箱箱　箱箱　箱箱
箱箱　箱箱　箱箱　箱箱　　　箱箱　箱箱　箱箱　箱箱
箱箱　箱箱　箱箱　箱箱　人　箱箱　箱箱　箱箱　箱箱
箱箱　箱箱　箱箱　箱箱　　　箱箱　箱箱　箱箱　箱箱
箱箱　箱箱　箱箱　箱箱箱箱箱箱箱　箱箱　箱箱　箱箱
箱箱　箱箱　箱箱　箱箱箱箱箱箱箱　箱箱　箱箱　箱箱
箱箱　箱箱　箱箱　　　　　　　　　箱箱　箱箱　箱箱
箱箱　箱箱　箱箱箱箱箱箱箱箱箱箱箱箱箱　箱箱　箱箱
箱箱　箱箱　箱箱箱箱箱箱箱箱箱箱箱箱箱　箱箱　箱箱
箱箱　箱箱　　　　　　　　　　　　　　　箱箱　箱箱
箱箱　箱箱箱箱箱箱箱箱箱箱箱箱箱箱箱箱箱箱箱　箱箱
箱箱　箱箱箱箱箱箱箱箱箱箱箱箱箱箱箱箱箱箱箱　箱箱
箱箱　　　　　　　　　　　　　　　　　　　　　箱箱
箱箱箱箱箱箱箱箱箱箱箱箱箱箱箱箱箱箱箱箱箱箱箱箱箱
箱箱箱箱箱箱箱箱箱箱箱箱箱箱箱箱箱箱箱箱箱箱箱箱箱

箱箱箱箱箱箱箱箱箱箱箱箱箱箱箱箱箱箱箱箱箱
箱箱箱箱箱箱箱箱箱箱箱箱箱箱箱箱箱箱箱箱箱
箱箱箱箱箱箱箱箱箱箱箱箱箱箱箱箱箱箱箱箱箱
箱箱箱箱箱箱箱箱箱箱箱箱箱箱箱箱箱箱箱箱箱
箱箱箱箱箱箱箱箱箱箱箱箱箱箱箱箱箱箱箱箱箱
箱箱箱箱箱箱箱箱箱箱箱箱箱箱箱箱箱箱箱箱箱
箱箱箱箱箱箱箱箱箱箱箱箱箱箱箱箱箱箱箱箱箱
箱箱箱箱箱箱箱箱箱箱箱箱箱箱箱箱箱箱箱箱箱
箱箱箱箱箱箱箱箱箱箱　　人　箱箱箱箱箱箱箱箱
箱箱箱箱箱箱箱箱　　　　　箱箱箱箱箱箱箱箱
箱箱箱箱箱箱箱箱箱箱箱箱箱箱箱箱箱箱箱箱箱
箱箱箱箱箱箱箱箱箱箱箱箱箱箱箱箱箱箱箱箱箱
箱箱箱箱箱箱箱箱箱箱箱箱箱箱箱箱箱箱箱箱箱
箱箱箱箱箱箱箱箱箱箱箱箱箱箱箱箱箱箱箱箱箱
箱箱箱箱箱箱箱箱箱箱箱箱箱箱箱箱箱箱箱箱箱
箱箱箱箱箱箱箱箱箱箱箱箱箱箱箱箱箱箱箱箱箱
箱箱箱箱箱箱箱箱箱箱箱箱箱箱箱箱箱箱箱箱箱

九　月

箱箱箱箱箱箱箱箱箱箱箱箱箱箱箱箱箱箱箱箱箱箱箱箱箱
箱箱箱箱箱箱箱箱箱箱箱箱箱箱箱箱箱箱箱箱箱箱箱箱箱
箱箱箱箱箱箱箱箱箱箱箱箱箱箱箱箱箱箱箱箱箱箱箱箱箱
箱箱箱箱箱箱箱箱箱箱箱箱箱箱箱箱箱箱箱箱箱箱箱箱箱
箱箱箱箱箱箱箱箱箱箱箱箱箱箱箱箱箱箱箱箱箱箱箱箱箱
箱箱箱箱箱箱箱箱箱箱箱箱箱箱箱箱箱箱箱箱箱箱箱箱箱
箱箱箱箱箱箱箱箱箱箱箱箱箱箱箱箱箱箱箱箱箱箱箱箱箱
箱箱箱箱箱箱箱箱箱箱箱箱箱箱箱箱箱箱箱箱箱箱箱箱箱
箱箱箱箱箱箱箱箱箱箱箱箱箱箱箱箱箱箱箱箱箱箱箱箱箱
箱箱箱箱箱箱箱箱箱箱箱箱箱箱箱箱箱箱箱箱箱箱箱箱箱
箱箱箱箱箱箱箱箱箱箱箱箱箱箱箱箱箱箱箱箱箱箱箱箱箱
箱箱箱箱箱箱箱箱箱　　　　箱箱箱箱箱箱箱箱箱箱箱箱
箱箱箱箱箱箱箱箱箱　　　　箱箱箱箱箱箱箱箱箱箱箱箱
箱箱箱箱箱箱箱箱箱　　　　箱箱箱箱箱箱箱箱箱箱箱箱
箱箱箱箱箱箱箱箱箱箱箱箱箱箱箱箱箱箱箱箱箱箱箱箱箱
箱箱箱箱箱箱箱箱箱箱箱箱箱箱箱箱箱箱箱箱箱箱箱箱箱
箱箱箱箱箱箱箱箱箱箱箱箱箱箱箱箱箱箱箱箱箱箱箱箱箱
箱箱箱箱箱箱箱箱箱箱箱箱箱箱箱箱箱箱箱箱箱箱箱箱箱
箱箱箱箱箱箱箱箱箱箱箱箱箱箱箱箱箱箱箱箱箱箱箱箱箱
箱箱箱箱箱箱箱箱箱箱箱箱箱箱箱箱箱箱箱箱箱箱箱箱箱
箱箱箱箱箱箱箱箱箱箱箱箱箱箱箱箱箱箱箱箱箱箱箱箱箱
箱箱箱箱箱箱箱箱箱箱箱箱箱箱箱箱箱箱箱箱箱箱箱箱箱
箱箱箱箱箱箱箱箱箱箱箱箱箱箱箱箱箱箱箱箱箱箱箱箱箱

箱箱箱箱箱箱箱箱箱箱箱箱箱箱箱箱箱箱箱箱
箱箱箱箱箱箱箱箱箱箱箱箱箱箱箱箱箱箱箱箱
箱箱箱箱箱箱箱箱箱箱箱箱箱箱箱箱箱箱箱箱
箱箱箱箱箱箱箱箱箱箱箱箱箱箱箱箱箱箱箱箱
箱箱箱箱箱箱箱箱箱箱箱箱箱箱箱箱箱箱箱箱
箱箱箱箱箱箱箱箱箱箱箱箱箱箱箱箱箱箱箱箱
箱箱箱箱箱箱箱箱箱箱箱箱箱箱箱箱箱箱箱箱
箱箱箱箱箱箱箱箱箱　箱箱箱箱箱箱箱箱箱箱
箱箱箱箱箱箱箱箱箱　箱箱箱箱箱箱箱箱箱箱
箱箱箱箱箱箱箱箱箱　箱箱箱箱箱箱箱箱箱箱
箱箱箱箱箱箱箱箱箱　箱箱箱箱箱箱箱箱箱箱
箱箱箱箱箱箱箱箱　　箱箱箱箱箱箱箱箱箱箱
箱箱箱箱箱箱箱箱　　　箱箱箱箱箱箱箱箱箱
箱箱箱箱箱箱箱　　箱箱箱　箱箱箱箱箱箱箱
箱箱箱箱箱箱箱箱　箱箱箱箱箱　箱箱箱箱箱
箱箱箱箱箱箱箱　箱箱箱箱箱箱　　箱箱箱箱
箱箱箱箱箱箱箱箱箱箱箱箱箱箱箱箱箱箱箱箱
箱箱箱箱箱箱箱箱箱箱箱箱箱箱箱箱箱箱箱箱
箱箱箱箱箱箱箱箱箱箱箱箱箱箱箱箱箱箱箱箱
箱箱箱箱箱箱箱箱箱箱箱箱箱箱箱箱箱箱箱箱
箱箱箱箱箱箱箱箱箱箱箱箱箱箱箱箱箱箱箱箱

十　月

箱箱箱箱箱箱箱箱箱箱箱箱箱箱箱箱箱箱箱箱箱箱箱箱箱
箱箱箱箱　箱箱　箱箱　　　箱箱箱箱箱　　　箱　箱箱
箱　　　　箱　　　　　箱　箱　箱　箱箱箱　　　箱箱
箱箱箱　　箱箱　箱箱箱箱　　　　　　箱箱　箱箱箱箱
箱箱箱　箱箱　箱箱　箱　　箱箱箱箱　箱箱　　　箱箱
箱箱箱　　箱箱箱箱　箱箱　箱箱箱　　　箱箱箱　箱箱
箱箱　　　　　箱箱　　箱　箱箱箱　箱　　箱箱　　箱
箱箱　箱箱箱　箱箱箱　　　箱　　　箱箱　　　　箱箱
箱　箱箱箱箱　　箱箱箱箱箱　　箱箱箱箱箱箱　箱箱箱
箱　箱箱箱箱箱　　箱箱箱箱　箱箱箱箱箱箱箱　箱箱箱
箱　箱　　箱　　　箱箱箱箱　箱箱　　　箱箱　　箱箱
箱　箱箱　箱　箱　　箱箱　　箱箱　箱　箱箱箱　箱箱
箱　箱箱　　　箱箱　箱　　箱箱　　箱　箱箱　　　箱
箱　　箱箱箱箱箱箱　　　箱箱　　箱箱　箱　　箱　箱
箱箱　箱箱箱箱箱箱箱箱　箱箱　箱箱箱　　　箱箱　箱
箱箱　箱箱箱　　　箱箱　箱箱　　　箱箱箱箱箱　　箱
箱　　箱箱　　箱箱箱　　　箱箱箱　箱箱箱箱　　箱箱
箱　箱箱箱　箱箱箱　　箱　　箱箱　　箱箱箱　箱箱箱
箱　箱　　　箱箱箱　箱箱箱　箱箱箱箱箱箱　　箱箱箱
箱　箱　箱箱箱箱　　箱箱箱　　箱箱箱　　　箱箱箱箱
箱　　　箱箱箱箱　箱　　箱箱　　　　　箱　箱　　箱
箱箱箱　箱箱　　　箱　箱箱箱　箱　　箱箱　　　箱箱
箱箱箱　　　　箱箱箱　箱　　　箱箱箱箱　箱箱　箱箱
箱箱箱箱箱箱箱箱箱箱　　　箱箱箱箱箱箱　　　　箱箱
箱箱箱箱箱箱箱箱箱箱箱箱箱箱箱箱箱箱箱箱箱箱箱箱箱

十一　月

鳥鳥　　　　　　　　　　鳥鳥
鳥鳥　　　　　　　　詩鳥
鳥　　　　　　　鳥
物　　　　　　鳥
理　　　　　小
鳥　　　　説
生　　　鳥
化　　哲
鳥　　学
技　鳥
術　宗
鳥　教
鳥　鳥
鳥　鳥
箱

十二　月

人人人人人人人人人人人人人人人人人人人
人人人人人人人人人人人人人人人人人人人
人人　　　　　　　　　　　　　　　人人
人人　人人人人人人人人人人人人人　人人
人人　人人人人人人人人人人人人人　人人
人人　人人　　　　　　　　　人人　人人
人人　人人　人人人人人人人　人人　人人
人人　人人　人人人人人人人　人人　人人
人人　人人　人人　　　人人　人人　人人
人人　人人　人人　夢　人人　人人　人人
人人　人人　人人　　　人人　人人　人人
人人　人人　人人人人人人人　人人　人人
人人　人人　人人人人人人人　人人　人人
人人　人人　　　　　　　　　人人　人人
人人　人人人人人人人人人人人人人　人人
人人　人人人人人人人人人人人人人　人人
人人　　　　　　　　　　　　　　　人人
人人人人人人人人人人人人人人人人人人人
人人人人人人人人人人人人人人人人人人人

十三　月

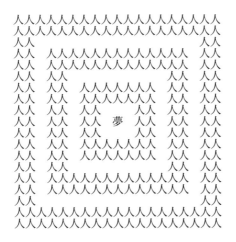

夢夢夢夢夢夢夢夢夢夢夢夢夢夢夢夢夢夢夢
夢夢夢夢夢夢夢夢夢夢夢夢夢夢夢夢夢夢夢
夢夢　　　　　　　　　　　　　　　夢夢
夢夢　夢夢夢夢夢夢夢夢夢夢夢夢夢　夢夢
夢夢　夢夢夢夢夢夢夢夢夢夢夢夢夢　夢夢
夢夢　夢夢　　　　　　　　　夢夢　夢夢
夢夢　夢夢　夢夢夢夢夢夢夢　夢夢　夢夢
夢夢　夢夢　夢夢夢夢夢夢夢　夢夢　夢夢
夢夢　夢夢　夢夢　　　夢夢　夢夢　夢夢
夢夢　夢夢　夢夢　人　夢夢　夢夢　夢夢
夢夢　夢夢　夢夢　　　夢夢　夢夢　夢夢
夢夢　夢夢　夢夢夢夢夢夢夢　夢夢　夢夢
夢夢　夢夢　夢夢夢夢夢夢夢　夢夢　夢夢
夢夢　夢夢　　　　　　　　　夢夢　夢夢
夢夢　夢夢夢夢夢夢夢夢夢夢夢夢夢　夢夢
夢夢　夢夢夢夢夢夢夢夢夢夢夢夢夢　夢夢
夢夢　　　　　　　　　　　　　　　夢夢
夢夢夢夢夢夢夢夢夢夢夢夢夢夢夢夢夢夢夢
夢夢夢夢夢夢夢夢夢夢夢夢夢夢夢夢夢夢夢

人人人人人人人人人人人人人人人人人人人
人人人人人人人人人人人人人人人人人人人
人人　　　　　　　　　　　　　　　人人
人人　人人人人人人人人人人人人人　人人
人人　人人人人人人人人人人人人人　人人
人人　人人　　　　　　　　　人人　人人
人人　人人　人人人人人人人　人人　人人
人人　人人　人人人人人人人　人人　人人
人人　人人　人人　　　人人　人人　人人
人人　人人　人人　神　人人　人人　人人
人人　人人　人人　　　人人　人人　人人
人人　人人　人人人人人人人　人人　人人
人人　人人　人人人人人人人　人人　人人
人人　人人　　　　　　　　　人人　人人
人人　人人人人人人人人人人人人人　人人
人人　人人人人人人人人人人人人人　人人
人人　　　　　　　　　　　　　　　人人
人人人人人人人人人人人人人人人人人人人
人人人人人人人人人人人人人人人人人人人

十四　月

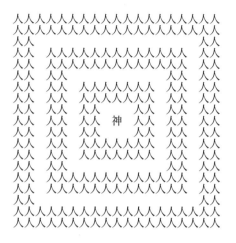

神神神神神神神神神神神神神神神神神神神
神神神神神神神神神神神神神神神神神神神
神神　　　　　　　　　　　　　　　神神
神神　神神神神神神神神神神神神神　神神
神神　神神神神神神神神神神神神神　神神
神神　神神　　　　　　　　　神神　神神
神神　神神　神神神神神神神　神神　神神
神神　神神　神神神神神神神　神神　神神
神神　神神　神神　　　神神　神神　神神
神神　神神　神神　人　神神　神神　神神
神神　神神　神神　　　神神　神神　神神
神神　神神　神神神神神神神　神神　神神
神神　神神　神神神神神神神　神神　神神
神神　神神　　　　　　　　　神神　神神
神神　神神神神神神神神神神神神神　神神
神神　神神神神神神神神神神神神神　神神
神神　　　　　　　　　　　　　　　神神
神神神神神神神神神神神神神神神神神神神
神神神神神神神神神神神神神神神神神神神

生生生生生生生生生生生生生生生生生生生
生生生生生生生生生生生生生生生生生生生
生生　　　　　　　　　　　　　　　生生
生生　生生生生生生生生生生生生生　生生
生生　生生生生生生生生生生生生生　生生
生生　生生　　　　　　　　　生生　生生
生生　生生　生生生生生生生　生生　生生
生生　生生　生生生生生生生　生生　生生
生生　生生　生生　　　生生　生生　生生
生生　生生　生生　死　生生　生生　生生
生生　生生　生生　　　生生　生生　生生
生生　生生　生生生生生生生　生生　生生
生生　生生　生生生生生生生　生生　生生
生生　生生　　　　　　　　　生生　生生
生生　生生生生生生生生生生生生生　生生
生生　生生生生生生生生生生生生生　生生
生生　　　　　　　　　　　　　　　生生
生生生生生生生生生生生生生生生生生生生
生生生生生生生生生生生生生生生生生生生

十五　月

死死死死死死死死死死死死死死死死死死死
死死死死死死死死死死死死死死死死死死死
死死　　　　　　　　　　　　　　　死死
死死　死死死死死死死死死死死死死　死死
死死　死死死死死死死死死死死死死　死死
死死　死死　　　　　　　　　死死　死死
死死　死死　死死死死死死死　死死　死死
死死　死死　死死死死死死死　死死　死死
死死　死死　死死　　　死死　死死　死死
死死　死死　死死　生　死死　死死　死死
死死　死死　死死　　　死死　死死　死死
死死　死死　死死死死死死死　死死　死死
死死　死死　死死死死死死死　死死　死死
死死　死死　　　　　　　　　死死　死死
死死　死死死死死死死死死死死死死　死死
死死　死死死死死死死死死死死死死　死死
死死　　　　　　　　　　　　　　　死死
死死死死死死死死死死死死死死死死死死死
死死死死死死死死死死死死死死死死死死死

〔短歌〕

仮面

我を隠し我を曝け出す仮面かな我の内なる悪魔に届く

一枚の仮面をかぶるや裏側の異なる色が昇ってくるなり

あれあれとかぶる仮面は踊りだす天狗になっておかめになって

何枚の仮面をかぶるか人間は坂を上ったり下りたりするごとに

ああ春に近づくにつれ覚えるなり我と人の仮面が変わるを

幻の仮面をかぶり人間は己をなくし己をつくり

幻の仮面をかぶり旅に出る仮面の奥の牛を探しに

創られてDNA《らせん》のままに生れ出た仮面の臍《へそ》は紐に繋がれ

臍の緒の我と向かって識るのかな色縞の違いが横たわるのを

一枚の仮面が演ずる人間を動かしている色縞はどれ

裏がありはじめて表が存在す不条理と思うこと多けれど

生活の底にある仮面一枚に覆われて我寝付けるなり

仮面一つ頼りに付けて立てるなり太陽の下の悲しみを隠し

雨が降るそれはいつもと変わらねどきみの仮面か紫陽花の花

赤紫《せきし》へと青き仮面が色づいて下を向くのは無花果かな

いつのまに通っていくのか歳月は仮面をひとつ置き去りにして

何枚の層をかぶるかわが地球赤ら顔隠して何億年

重ね積む仮面なれども我が顔よ最後の仮面自分で付けよと

その顔のA４の窓のその仮面最後の仮面刻《とき》のなき仮面

子供らと仮面をかぶるひとときははみ出た顔が笑っているなり

四国の路

向日葵の咲いた夏に与えられし重い荷物をまっすぐに背負い

一番寺ではなんと言って拝めばいいのかと勤行集を握りしむ

亡き人と一緒に参らんと形見持つその人はあの人と似ていたり

聳え立つ杉の大木に耳を当て樹齢一千年の返事を待つと

坂道を登ってのぼって鶴林寺うぐいす鳴く山の気は清々しく

灰色の空ばかり見ていたわれには足摺岬の空は眩しすぎて

薬王寺の桜開くわれときみの年の数だけ板鐘打つと

太陽が達磨になって干潟炎え青海苔の青焼けて見えず

チカッチカッと瀬戸大橋が光るなか干潟に消える白鷺の影

はつ夏の熱まだ残るきみの背に寄り添い見た瀬戸の大橋

八十八の四国を呼んで鐘の音が山色に溶ける白鷺の白

日は落ちて眠りにつきぬ白鷺も青海苔もわれも丸亀港も

海と空の境を引いて船一艚夢と現を別つあたりか

目覚めつつ目覚めつつ寄る白波の岩を濡らしつ朝を迎える

おんころりころころと歩く岩屋寺のへんころがしの難所を打って

大岩に波をぶつける太平洋四国の臍の室戸岬

木をくぐり山をくぐりて界を行く同行二人四国の路

詩論・エッセイ

詩について1

浅井薫氏が、詩誌「独行」№48の小論考の中で、詩について痛い所をズバッと書いている。

「詩人会議」の「全国詩誌代表選集」に寄せられている作品は、呉座勇一の指摘に倣って言うならば、現実（日常生活や社会的・政治的現実）に即しすぎて、想像力に枠がはまって羽ばたくことが弱く、詩が詰まらなくなっていると、言う思いを禁じえなかった。つまり春日太一の言葉に従って言えば「詩は現実ではない」のである。

そして、「現代詩手帳」（代表詩選）の作品は現実（生活や社会的・政治的事実）とのかかわりが希薄で、想いに任せてのことばの展開と、難解さで読み手に過剰な負担をかけて詩が詰まらなくなっていると言う、思いである。「詩は詩人の想いだけを述べるものではない」のである。

なるほどと思う。

そして小野十三郎氏について、氏はこの国の詩精神につきまとう湿性と詠嘆に抗し、ものをして語らしめる方法で持って、「短歌的叙情の否定」「歌と逆に歌に」をライフテーマに反戦等の重い詩を書き続けてきた、と記している。

文芸誌「コオサテン」（平成31年4月6日）15号あとがきより

詩について2

☆「詩と思想」7月号の巻頭言で、細野豊氏がシュルレアリスムの重要性について述べている。

本来、詩的なものは、自らの詩のなかで明らかにされる無意識的な諸要素のうちにある。詩は非制御的思考である。主体と客体の二元性を打破するために、ブルトンはフロイトを暖用する。すなわち詩的なものは無意識による啓示であり、それゆえ、けっして意図的ではない。…詩の創造は、詩人がその内部から、ある特権的な瞬間に言葉が湧き出るのである。…

☆また、北村太郎氏が「ぼくの現代詩入門」の中の「詩の作り方のヒント」で次のように書いている。

• コトを書くよりモノを書こう。
• たくさん書いて、自分の詩の呼吸をつかむこと。
• できるだけたくさんの言葉となかよくしよう。
• 一篇の詩を得るためには、たくさんの行を捨てることを覚悟しなさい。
• 一篇一篇の詩のリズムに気を使おう。
• ときには自分でもワケの分からない詩を書いてみること。

これらについて、清水哲夫氏は言っている。

最後のヒントは強烈だが、たまには狂いなさい、ということ。人間は誰しもワケの分からない衝動や情動に駆られるときがあり、だからこそ人間的なのだが、そんな自分の気持ちを冷静沈着に紙の上に書きつけることで、いわば新しい自分を発見できる　と。大変参考になる。

文芸誌「コオサテン」(令和元年10月5日)16号あとがきより

詩について3

＊むずかしいことをやさしく、やさしいことをふかく、ふかいことをおもしろく。（作家　井上ひさし）

＊中日春秋より
　漢詩をよくした夏目漱石は草枕で詩作を葛湯づくりに例えている。初めは練っても手応えがないが、そこを辛抱すると、ようやく粘着が出て、かき混ぜる手が少し重くなる。そこで手を休めてはいけない。混ぜ続ける。そうすれば向こうから、争って箸に附着してくる。詩を作るのはまさにこれだ。手応えは乏しくても、休まずに諦めなければ、求めるものはやがて来る。

＊次の文は画家セザンヌが弟子に送った手紙からのものです。
・自然を円筒、球、円錐によって扱いなさい。物や面の各側面がひとつの中心点に向かって集中するようにすべてを遠近法の中に入れなさい。
・取り組むべき真のすばらしい研究対象は、自然が目の前で繰り広げる多様な光景なのです。
・進歩を実現するためには自然しかありません。自然との接触によって眼は鍛えられます。
・個性的な感動、観察、性格をもっと作品に持ち込む方がよいのです。
・私たちは以前に現れた一切を忘れて、眼に映じたままのイメージを描くよう努めるべきです。そうすれば芸術家は自分の全個性を作品に表現できるはずです。
・リンゴひとつでパリを驚かしたい。
・複数の視点でものをとらえ、現実を再構成して描きなさい。

　セザンヌの関心は、花や果物といったモチーフそのものではなく、形態や複雑な重なりや相互作用にあったと言われます。

セザンヌの考え方で詩を作ったら、どういう詩ができるでしょう。リンゴひとつで考え方（思想）を表現できたらすばらしい、と思う。

文芸誌「コオサテン」（令和2年4月4日）17号あとがきより

詩について4

「詩と思想」七月号で、苗村吉昭氏が、実践版新民衆詩派詩論を展開している。その中で、現代において「言葉の民芸」を提唱している若松英輔の詩と詩論を紹介している。

長いのでその中の一部を抜粋します。

- 詩とは、言葉の器には収まらないコトバが世に顕現すること。
- 詩は、個々の人間の「私」の内界を照らし、その姿を自分のために描く営みでもあります。
- 自分の感受性にあったものと出会うための旅、それが詩を読むことでもあり、詩を書くことでもあるのです。
- 事実を捉える科学の世界では誤りであっても、真実を捉えようとする感性、さらには霊性の世界においては実感をもって感じられるということ。

・詩とは消えゆくことを宿命とした言葉を、彼方の世界からこの世界に引き戻そうとする試みにほかならない
なるほどと思うことがたくさんありました。
詩は、感覚七割理性三割とも言われます。ただ感覚だけで深いことを書くことはむつかしいです。理屈を超えた詩を捉えるのは感覚でしょうが。
文芸誌「コオサテン」（令和2年10月3日）18号あとがきより

故　村野保男氏とのこと

私の長年の詩友である　村野保男（本名　小林美廣）氏が昨年（令和二年十一月十七日）亡くなった。その一年程前に脳出血で倒れ入院、リハビリ中のことだ。享年六十九歳。新潟県の生まれで、名古屋に住んでいた。

彼は寡作ではあったが詩人であり、どこの詩誌にも参加しなかった。それは彼にとっては物足りなかったから、のかもしれない。ただ朝日カルチャーの講座（講師・冨長覚梁氏）に参加した縁で数人で始まった、名古屋に住むある詩人の宅での、大体毎月行っていた勉強会（飲み会でもあった）には必ず参加していた。その中で彼の詩に対する確かな考えはよく知られていた。

詩は帰納法で書け、演繹法ではないと、いつも私に言っていた。理系の私の詩が理屈っぽくなるので、戒めた言葉だ。その他にもいろいろ教えてもらった。大変ありがたく思っている。彼の造詣の深い言葉にもう会えない

と思うと非常に淋しい。

彼は短詩を得意とした。その代表作をつぎに載せたい。

小鳩　　村野保男

その日一日の思惑を生きるために
心臓を外《はず》し取って
日没まで解き放つ

するとそれはいつも
どこか橋の下なんかで
鳩の形《なり》をして待ち暮らし

指笛の鳴る時
胸に鼓動を持ち帰る

臨終　　村野保男

死が
末席から軽く会釈した

それから
深くひと呼吸あって
部屋は静かになった

雨は
いつまでも夜を引きずっていた

あくる日
棺《はこ》がしまって
内側からゆっくり錠を降ろす音がした

磯蟹

村野保男

遠い岬の半島は
沖の何者かが哂《わら》いさざめきながら
喰らい尽くした一つの巨大な残骸であって
海はすべてを知り尽くして
碧く呑み込んだままだ

だがそれを
岩礁の狭間からまったく驚くべき小心で
見ていたものがある

蟹は窒息しそうだ
証《あかし》しようとする言葉が
みんな泡になってしまうので

彼とやり取りしたメールから

村野保男

＊詩「のれん」を読む

河原修吾という詩人の久しぶりのいい詩の「のれん」を読む。この「のれん」は河原氏の日常的な詩への勤勉がもたらしたひとつの成果であって、その表現の冴え冴えとした技の伸びと、氏のこれまでの理屈の臭みから逃れ得ている故に、もともとあった氏の一面を氏自身が掘り起こして見せた作品であると言うべきものである。

ほんとにここにはいつもの屁理屈がない。あるのは、肌触り、湿感、音感、臭覚、色彩、抑制された客観がもたらす逆説的な主観の息遣いで、ふっと　うどんの湯気のようなユーモアまで醸し出している。これは快い上質なユーモアである。無駄な言葉、無駄な文節、無駄な修飾もない。いつもなら単なる文飾に過ぎないオノマトペまでがここでは有効である。

ここで成功している理由をもうひとつ言うと、テーマが大げさな張りぼてでなくて、日常の中の小さな空間と時間を的確に切り取っていることである。詩の世界観とは、規模と体積の大小ではなくて、質量と密度が問題だということ。そのことがこの作品を読み切れる人にはすぐに分かるはずだ。緊密な詩はおのずから自らの世界を拡げている。

近頃はたまに遠くから顔も知らない人たちから、詩集を送ってもらうことがあるが、べったりとした自我のホルマリン漬けみたいなものもあって、文学的知識と技量の蓄積が足らなく、自我の鏡を持ってないものもある。

（２０１３年12月25日）

＊私の詩の考え方　村野保男

次に記すルベルディとルースロの詩の考え方に私はずっと共感しており、私の詩の性格を築いていくうえでも大事にしてきたものです。

イメージは精神の純粋な創造物である。それは直喩から生まれることはできず、多かれ少なかれ互いに隔たった二つの現実の接近から生まれる。接近する二つの現実の関係が遠く、しかも適切であればあるほど、イメージはいっそう強まり、一層感動の力と詩的現実性を持つようになるだろう。

（ピエール・ルベルディ）

詩人の役割は、世界を歌うことでも事物を名づけることでもありえないだろう。また、思想を、音楽を、色彩を、香りを詩句にすることではなく、不可解にして無限のこの宇宙の中に人間の緯度と経度とを与えることである。アレゴリー、象徴、生の、あるいは熟慮されたイマージュ、錯乱、どんな詩法でもよい。それらの使用が自然で作り物でないならば。

（ジャン・ルースロ）

私は詩的創造ということに限るならば、この二つの文脈と、ヒュームが分析したように、物質、人間、宗教的世界観の明確な分離が、現代詩と言われるものの本質ではないかと考えています。物質世界と人間世界、また人間と神の非分離世界観（ヒューマニズムへの過信）、これらの混同がいかに愚作の多産をもたらしてきたか。

かてて加えて、こうした混同に気づいたインテリ層は、今度は政治的態度を（右にしろ左にしろ）持ち出してきて、政治性もしくは社会性のない詩は詩でないというような風になってしまった。そんなことも人間性中心の世界観からしてみればおかしな話です。案の定、「荒地」のような詩集団は、蒸気のような詩的記憶しか残さなかった。というのが、今のところの現代詩への考え方です。（しかし、そんな中でも吉本隆明の思想の方向性は、深く、反省的に詩人によって記憶されるべきと考えています。）

（2014年1月23日）

＊詩集「のれん」を読む　村野保男

あれから詩集「のれん」を何度も読み返しています。やはり「陽」は光りますね。無駄が一切ない。他の作品ではまだ貴兄の饒舌がやや気になる点があります。散文にしろ詩にしろ、文を構成するのは「作者――発話者――主人公」という関係です。単純にそうだとは言えませんが、朝ドラでいう作者とナレーターと俳優の関係と、そう遠くもない。優れた小説、詩などをよく見ると、作者は創作者ではありますが、ほぼ姿を現さない透明人間で、作者とは別人格の発話者がストーリーを展開して、主人公が演じることになります。素人作者の多くの作品は、この「作者」「発話者」の関係がほぼ曖昧で、その結果、作者の自我をそのまま作品に露出する結果になっています。そこにどういう現象が起きるかというと、極めて通俗的な、そして手前味噌な感傷がどろどろと顔を出すだけです。

作者と発話者の関係を説明するのはなかなか骨が折れるのですが、貴兄の新詩集で言えば、私が帯に書かせてもらったそれぞれの作品が良い例になるかと思います。「陽」はいうまでもなく、日常の作者のことだけが書いてあるように見える「クリップ」などは、実は作者と発話者が明確に切り離されています。「洪水」は端から作者は消え、発話者が世界を織り成しています。「ランチ」も「蜥蜴」も作者の父母のことを書きながら、作者は消えていて、発話者が人間の現実的な側面を語っているということが明確に彫り出されています。他の作品はまだ曖昧で、貴兄の感傷の一部が芸術的な濾過を受けないまま露出しているということです。

（２０１７年12月12日）

＊帰納法について

村野保男

基本的に喋りすぎの人が多いです。どういうことかと言うと、説明的であり、演繹的だということです。詩は以前からいうように帰納法です。たとえば果物の箱がある。演繹法の小説や詩はここからりんごや蜜柑やぶどうや、蠅や虻まで出して見せる。詩は逆で蠅や虻が飛び出す、りんごや蜜柑やぶどうの箱を一つの実在論的な箱として、誰も否定し得ない腐った事実箱として描写する。しかもそれが常識的な世界とはまた別な世界の提示であり、それが詩という領域でこそ描写し得る、詩はそういう技術であり、文芸です。成長性のない独白的な現今のオーラルな詩壇の傾向に私が嫌悪を抱く理由です。

柿本人麻呂の歌にこんなのがあります。

「家に来てわが家をみれば玉床の外に向きけり妹が木枕」

これは人麻呂が妻を亡くしたときの歌で、家に帰って寝屋に入ってみれば、亡き妻の枕だけが寝床の外に転がっている、というような意味です。何も悲しいなんて一言も書いてない。書いてあるのは事実だけ。しかも書かなくてはならない事実だけが的確に、こう書かねばならないというぐらい厳しく書いてある。詩は事実である必要はありませんが、事実を失った美意識は詩ではありません。

（２０１８年１月20日）

エッセイ——存在と不条理のはざまに——

生きものは、DNA（デオキシリボ核酸）によってつくられ、化学反応によって活動している。思考もその集積物だ。生きものはDNAの手の内にあると言っても過言でない。いや俺は違う　といきがっても事実だから。

DNAが発見され、ワトソン・クリックによって二重らせん構造が分ってから生きものはDNAの存在から逃れられない。生きものはDNAからつくられたときから不条理を抱えている。それはしかたのないことだとは思う。（その化学反応によってできたものは、その人だけのもので、誇っていいものだ、とも思う。）

そのDNAは、神にも悪魔にもなる。DNA自身はそんなことは考えてないと思うが。ライオンが生きるために他の動物を襲うように、ただ自然に動いているだけなのだろう。がその時に不条理が生じる。

不条理にも大きく分ければ、先天的（遺伝的、DNAによる）不条理と後天的（社会やその活動・環境等によって生じる）不条理があると思われる。個々の生きものの能力や才能等の不条理・不公平はどちらに入るのかは分かりませんが、（大概は先天的な方に入ると思う。努力という才能もDNAによると思う。）が、いずれの場合にも、不条理は、その生きものにとっては辛いことが多い。

これを、これらを、しょうがない、どうしようもない、これは運命なのだ、宿命なのだと、納得？できればいいかもしれないが。その不条理が辛ければ辛いほど、当事者やその周りの人にとっては、そう簡単には考えられない。大概は悩み苦しみながら精一杯生きている。

この辛さから逃れるのには、一つには宗教、一つには政治的・社会的活動、一つには文学等、もう一つはそんなことは考えないこと、が考えられるが…。残念ながらいずれの場合も解決にはならないのではないか。しかし、本質的な解決は所詮無理だと、思う自分もいる。それよりも、それを受け入れる社会をつくるのが大切だ、という人もいるだろう。

生きものは全て、ＤＮＡによって存在している。命を与えられている。これは確かなことだ。存在していることに感謝すべきであろう。それは分かっているのだが。もし、犬や蛙や、柿の木や烏賊に考える力がもっとあったならば、不条理について悩むにちがいない。

ただ最近は、いいか悪いかは別にして、一部ではもう行われているが、大胆にもＤＮＡを変えよう、神の領域を、生きものにその存在を与えるものの領域の、その中身を変えようと試みている科学者がいる、これは諸刃の剣だが…。不条理が少しでもなくなるものだったら、いいのかもしれない。

生きものの将来がどのようになるのか、期待と不安を持って見守っていきたいと思う。それまで生きておれれば、の話だが。

解説

魂の織りなすイメージの連鎖性

冨長覚梁

あらゆる創作にとって、最大の課題の一つは、他の人にはない、自分なりの世界を如何につくるかにある。まして作品を書きはじめた頃というものは、誰かの真似になったりして、容易には自分の詩の形、詩の世界は構築できないものである。

この詩集『ゴォーという響き』は、河原さんの処女詩集であるのだが、散文的性質を帯びてはいるものの、河原さんは最初から人には真似のできない自分の世界をつくりあげている。

河原さんのこの詩集の特徴は、おのれの魂の深層から沸きあがる一つのつぶやきから生成された一つのイメージが、意識の過熱化した次のイメージに連鎖的につながってゆき、それが深い内的抒情と批判精神とによって、重層な世界を織りなしているところにある。そして、一つのイメージが一つの思いを生み出し、その思いが次のイメージを生み出していくといった形で、つくられていく河原さんの連鎖的なこの世界は、そのまま河原さんの人生への深い感慨でもあるはずである。

そこにはユーモアがあり、悲しみがあり、歓びがあったりして、多様なものを感じることができる。その感慨の一つ一つが深く沈まないうちに次に移行していて、時として物足りなさを感じないではないが、それが一作品を読み終えると、そのこととは全く無関係に一つの確かな世界が、作品ごとにすっと浮上してくるのは、実に不思議である。

そして、河原さんにとって、こうした現代の語り部的な表現方法は、もうそれは意識的な一つの詩法ではなく、天性としてそなわっているのであるのかも知れないと思うほどである。

（『ゴォーという響き』跋文より）

詩集『ふとんととうふ』帯文より

一色真理

この詩人は「最も高い場所」と「最も深い場所」を歌う。高層ビルから見下ろすと、光り輝く駅があり電車が疾走し、都会は孤独な仮面であふれている。そんな中で一瞬、雑踏の中に「魂の背中が見えた」と思う瞬間がある。気がつくとそこは一万メートルの海溝の底。命が生まれてきた根源の深い闇だ。

（『ふとんととうふ』帯文より）

この本からわかること

村野保男

河原さんは天然のオプティミストである。「のれん」を読めばそれがわかる。また普段着のユーモリストであって「となりの奥さん」や「クリップ」などを読めばそれもわかる。「ランチ」や「蜥蜴」では氏が小声のレアリストであることがわかるし、「洪水」はタフなヒューマニストが日常のごく身近にいることを何気なく教えてくれる。

これらの作品には文法形式上の一つの特徴がある。それは動詞が事態の相によって決定づけられ用いられていることである。優れた詩文の流れには過去も現在も未来もない。あるのは結果にしろ継続にしろ完了にしろそれぞれ「～ている」相である。それが最もわかりやすいのが「陽」である。この本を読み終ってみれば「陽」が陽であると同時に、氏の記憶から時間の概念を崩壊させた一つの人称であることに気づく。氏は今もその人称としての陽に痛切に繋がっているのだが、この作品が稚拙な感傷に堕していないのは、それぞれの動詞の相が冷静に主観を統御しているからである。

(『のれん』より)

河原修吾詩集『のれん』

南原充士

さまざまなタイプの詩があるが、技術的に言えば、笑わせる詩がもっとも書くのが難しいと思う。

詩集『のれん』の著者河原修吾は、観察している現実世界と想像の世界をうまく組み合わせることで笑いが生まれることを知っており、身近な食べ物や生物などを素材として絶妙の間合いで言葉を繰り出し、並べることで独特のユーモア詩を作り出している。

同じような現実に出会っても感じ方はひとそれぞれであり、その表現方法もさまざまである。ある人は悲観的に受けとめて悲しみに満ちた詩を書き、またあるひとは悲しみの中に面白みも見出して、悲喜こもごもの詩を書き、またある人はユーモアに徹した詩を書く。

落語家はネタ帳を持ち歩いて思いついたアイディアを書き留めておくと言う。笑いの陰には並々ならぬ努力が隠されているのだと言う。河原もまた、一篇の詩ができあがるまでには、あれこれと知恵を絞り詩として完成するための努力を重ねているのだと推測する。河原に特徴的なのは、数学的な図形や物理学的な運動や生物の生態等が詩の骨格となって、形のない内面の思いや生きることへの感慨等が詩として成り立つのを支えているところにある。その巧みなひねりや主観と客観の微妙な距離感とバランスが詩にユーモアやエロティシズムを生み出す効果を与えている。

詩集に収められた詩作品を見てみよう。「となりの奥さん」「日間賀島の朝」「恋は」「輪ゴムの世界」「クリップ」の幾何学的描写、「牛蒡」「豆腐」「黄身」「餅」「のれん」「ランチ」の擬人化、「自然法爾」の鏡の使い方、「こじか組のあなた」「陽―往相還相―」「陽」の太陽の描写、「蜥蜴」「蜂」「やつ」「イカリソウの花」「種」「洪水」「し」「首をふる世界」「落下」の残酷さを伴う生物との関わり等いくつかのグループ分けができる。

たとえば、「種」の最終行、「ぷちっと引き抜いた」は、残酷でもありユーモラスでもあり、命との関りを強く意識させる見事な表現である。

河原は、苦い経験も楽しい思い出もしっかり見つめたうえで、自分の詩のスタイルへと変貌させ表現技術を凝らした詩を実現する。河原自身、「楽曲――あとがきに代えて――」において、詩作を音楽の作曲や演奏になぞらえており、詩の成り立ちというものを考えさせる詩集となっている。今後、河原がその独自の詩のスタイルをどのように発展させるのか興味を持って見守っていたい。

（洪水企画「みらいらん」２０１８年第2号より）

河原修吾詩集　　現代詩人文庫第20回配本

2021年11月24日　初版発行

著　者　河　原　修　吾

発行者　田　村　雅　之

発行所　砂　子　屋　書　房

〒101-0047　東京都千代田区内神田3-4-7

電話　03－3256－4708

Fax　03－3256－4707

振替　00130－2－97631

http://www.sunagoya.com

装幀・倉本　修　　落丁本・乱丁本はお取替いたします

現代詩人文庫

（　）は解説文の筆者

①高階杞一詩集（藤富保男・山田兼士）
『さよなら』（全篇）『キリンの洗濯』（抄）他

②滝本明詩集（小川和佑・清水昶）
『たきもとめいの伝説』（全篇）

③岡田哲也詩集（佐々木幹郎・立松和平）
『白南風』（抄）『未完詩篇』他

④藤吉秀彦詩集（北川透・角谷道仁）
『にっぽん子守歌』（抄）『やさぐれ』（抄）

⑤伊藤聚詩集（三木卓・ねじめ正一）
『羽根の上を歩く』（全篇）

⑥永島卓詩集（北川透・新井豊美）
『暴徒甘受』（全篇）

⑦原子朗詩集（野中涼）
『石の賦』（全篇）他

⑧千早耿一郎詩集（金子兜太・暮尾淳）
『長江』『風の墓標』他

⑨原田道子詩集（木島始・森常治）
『うふじゅふ　ゆらぎのbeing』（全篇）他

⑩坂上清詩集（暮尾淳・渋谷直人）
『木精の道』『丘陵の道』（全篇）他

⑪八重洋一郎詩集（山田兼士・大城立裕）
『夕方村』『トポロジィー』（全篇）他

⑫田村雅之詩集（郷原宏・吉増剛造）
『鬼の耳』（全篇）『デジャビュ』（抄）他

⑬嶋博美詩集（中村不二夫・萩原朋子）
『芋焼酎を売る母』『父の国 母の国』（全篇）他

⑭神尾和寿詩集（高階杞一・鈴木東海子）
『水銀109』『七福神通り—歴史上の人物—』（全篇）他

⑮菊田守詩集（新川和江・伊藤桂一）
『一本のつゆくさ』『天の虫』『カフカの食事』（抄）他

⑯清水茂詩集（権宅明）
『光と風のうた』『影の夢』『冬の霧』（抄）他

⑰愛敬浩一詩集（岩木誠一郎・冨上芳秀）
『赤城のすそ野で、相沢忠洋はそれを発見する』（完本）、『長征』『危草』（抄）他

⑱伊藤芳博詩集（日原正彦・苗村吉昭）
『どこまで行ったら嘘は嘘？』『いのち／こばと』（抄）他

⑲富沢智詩集（中上哲夫・高橋秀一郎）
『リリエンタールの滑空機』（全篇）他